I0451488

Grenat

Tome 1. Sang-pur

Juliette Gapin

I Sang-Pur

J'aimerais dédier ce premier ouvrage à ma famille qui m'a toujours encouragée, et spécialement à mon papi que nous aimions tant et qui nous manque…

I Sang-Pur

Prologue

« Les vampires de Sang-pur peuvent sortir en plein jour aussi bien que des humains. Nous avons des sens plus développés et nous sommes plus forts et plus rapides comme tout vampire, et nous possédons en plus une force mentale exceptionnelle. Cette puissance mentale se développe avec l'âge, une personne qui maîtrise parfaitement ses capacités psychiques peut mettre à terre et même tuer son ennemi sans le toucher. Les princes et princesses soumettent leurs sujets de cette manière, mais généralement ce n'est pas nécessaire. Le reste des vampires a tendance à vénérer leurs souverains dans une admiration pleine de désir de possession, car le parfum envoûtant des vampires Sang-purs attire irrémédiablement les autres vampires.

Les princes et princesses vampires ne peuvent être que des Sang-purs. Le monde est ainsi fait depuis la nuit des temps, chaque famille de Sang-purs a son territoire, lequel représente le plus souvent un pays ou un continent.

Vampires originels, nous sommes les plus puissants. Nous sommes le sommet de la noblesse des vampires.

Nous sommes de « qualité supérieure » aux autres vampires nobles, car ceux-ci ont dans leur sang quelques gènes humains. Comme les Sang-purs ils peuvent avoir des enfants, mais il y a forcément eu un moment où leur lignée a été salie par un vampire transformé, créature née humaine.

Ainsi, les vampires nobles sont issus d'un métissage entre Sang-purs et vampires transformés, ils gardent la capacité des sangs purs à pouvoir procréer mais n'ont pas de pouvoirs psychiques.

Avant de continuer, il vous faut savoir que tout vampire ne peut se passer de sang frais pour survivre, on est ainsi fait.»

Signé,

Thornton Jade.

Grenat

I Sang-Pur

Chapitre 1

JADE

J'observe les bâtiments défiler par la fenêtre teintée du 4x4. Dehors, la ville est calme, ce qui me semble tout à fait normal pour cette heure tardive. Nous avons quitté l'autoroute il y a quelques instants pour pénétrer petit à petit dans ce nouveau décor, mais je n'y prête pas beaucoup attention ; après tout, c'est sans doute encore une énième petite ville que nous traversons...

Malgré toutes les précautions que peut prendre mon frère, il n'a pas réussi à contrôler entièrement ma crise d'adolescence et pour les gens comme nous c'est une période généralement violente. C'est un certain événement qui nous a forcés à déménager à des kilomètres de notre lieu de vie précédent : J'ai tué des humains. Trop de morts étranges éveillent forcément les soupçons des gens de notre espèce, il nous a donc fallu fuir... Encore une fois.

Bizarre, comme crise d'adolescence vous vous dites sûrement, mais pour nous c'est tout à fait naturel. Nous sommes des vampires.

Pas n'importe quels vampires comme on peut en trouver au cinéma, dans les films d'Hollywood, non, nous ne sommes pas des monstres à ce point-là. La plupart du temps, les êtres comme nous savent se contrôler car nous sommes des Sang-purs, le haut de l'échelle de la noblesse des vampires.

Mon regard est perdu dans le vide, à contempler sans vraiment observer le paysage changeant derrière la vitre de la voiture de mon frère. Bryan, c'est le prénom de mon grand-frère et je m'appelle Jade, plutôt basique... mais la plupart du temps, mon frère et moi-même essayons d'être discrets, ça nous évite les ennuis plus ou moins.

Je suis née vampire, tout comme Bryan et nos parents. Ma nature vampirique ne s'est montrée qu'au début de mon adolescence. A ce moment, mon frère était déjà tout seul pour s'occuper de moi : Nos parents sont morts alors que je n'avais que six ans.

Bryan est d'une décennie mon ainé. Du haut de ses seize ans, il m'a pris en charge avec beaucoup de sérieux... C'est un grand frère attentif, même parfois trop protecteur et malheureusement pour moi nos parents l'ont éduqué à la vieille école. Donc Bryan pense que les femmes sont juste bonnes à être protégées, et pas à se battre, comme j'aime à songer. L'égalité homme-femme dans notre société est encore tabou. Notre race comprend des individus pouvant être très anciens et qui ont gardé les mêmes valeurs qu'à l'époque où ils sont venus au jour. Les mœurs vampires sont assez prosaïques…

La femme doit être à l'image de son époux. Son attitude doit montrer sa puissance et son statut social. L'homme est au combat et à la vie politique, aux services de son prince ou de sa princesse contrairement à la femme dont la place est à la gestion du domicile, aux soins de son compagnon et à la procréation. Les femmes sont des sujets à part qui doivent obéir et faire preuve de respect devant leurs gouverneurs mais leur loyauté passe par l'homme avec qui elles partagent leur vie.

Il faut savoir que chez les vampires l'engagement entre deux êtres est un engagement à vie. Nous sommes des individus plein de passion, de luxure pour la plupart d'entre nous, et nous aimons profiter de la vie de toutes les manières. Certes le jeu et les plaisirs sont des thèmes importants de la vie d'un vampire, mais la loyauté ou plutôt l'affection sont des termes bien ancrés dans les idéaux de notre espèce. Un vampire n'a aucune obligation de s'officialiser avec un compagnon ou une compagne mais à partir du moment où il le fait c'est jusqu'à sa mort.

Question d'honneur ou de respect ; je ne sais pas exactement mais le vrai amour n'est pas forcément présent entre ses personnes malgré leur attachement. Il arrive parfois que certains vampires souhaitent s'unir à une autre créature ou à un humain mais cela est synonyme d'exil de la société vampirique. Un engagement autre qu'entre deux vampires est un sacrilège et plus spécifiquement inimaginable pour les vampires portant les vieilles traditions à travers l'évolution du monde.

Je détache mon visage de la vitre et relève les yeux pour regarder mon frère. Il a le regard fixé sur la route. Je souris en me disant que je ne le quitterai jamais et que ça sera toujours lui et moi contre tout... Bryan est figé dans ses vingt ans depuis sept années déjà. Il est la beauté simple : cheveux bruns en broussaille, dix centimètres plus grand que moi ; il doit faire un peu moins d'un mètre quatre-vingt. C'est un jeune vampire fin et musclé avec la peau dorée à l'opposé de la plupart des vampires car les vampires comme nous peuvent laisser le soleil bronzer leur peau sans finir carbonisé. Qu'importe notre âge, vu que nous sommes des Sang-purs. Les autres vampires craignent le soleil de moins en moins au fur et à mesure des années mais seuls des vampires âgés peuvent sortir en plein jour en continuant de faire attention...

Bryan a gardé son visage d'enfant avec un nez et un menton fin. Il est le prototype du jeune homme beau sans être pour autant féminin du tout ! Tous les vampires sont beaux après tout, mais mon frère a ses yeux, de splendides yeux d'un gris presque argenté, les mêmes que moi. Ce regard est notre fierté, nous l'avons hérité de notre mère.

Je souris, je suis tellement heureuse de l'avoir pour frère. Il remarque alors que je le regarde et lâche la route des yeux pour m'analyser, savoir à quoi je pense. Il fronce légèrement les sourcils, je prends la parole avant qu'il ait le temps de me faire une quelconque remarque.

- Où allons-nous déjà ? Je ne me souviens plus... dis-je de ma voix charmeuse avec dans les yeux une étincelle de curiosité et un léger sourire.

Bryan me rétorque en regardant de nouveau la route :

-Je ne te l'ai pas dit, c'est pour ça.

Je penche la tête sur le côté en me tournant vers lui, pour clairement dire que je ne lâcherai pas l'affaire aussi facilement. Mon frère n'est pas dupe et il comprend, il me dit amusé que nous sommes arrivés. J'ouvre de grands yeux et reporte soudain toute mon attention sur les paysages alentours.

-Mais enfin Bryan...

Je ne sais pas trop quoi dire, autour de moi il n'y a pas grand-chose à part des bâtiments plus ou moins hauts et un panneau indiquant que la ville possède un lycée. C'est déjà pas mal, il y a une école, ai-je envie de dire. Pour l'instant je cherche juste à savoir où Bryan a décidé d'emménager.

Il continue de rouler encore quelques minutes puis se gare devant un immeuble qui parait moderne, pas spécialement chic ni au contraire dégradé mais juste pratique.

Je sors alors de la voiture pour respirer l'air frais de la nuit, un petit sourire au coin des lèvres en regardant le bâtiment puis je me tourne vers mon frère qui sort à son tour de la voiture, je le regarde par-dessus le toit du 4x4.

-Alors maintenant nous allons vivre ici...

-Effectivement, je suis sûr que tu te plairas dans cette ville, petite sœur !

Sur ce, il se dirige vers le coffre, l'ouvre et saisit nos deux gros sacs. Nous n'avons pas beaucoup d'affaires personnelles ; c'est le moins que l'on puisse dire. Je prends ma veste en cuir et la mets, puis je rejoins Bryan. Je prends le sac de sport qui est plein de nos petits secrets : poches de sang, pieux de protection et quelques autres types d'armes.

Nous marchons côte à côte vers l'entrée du bâtiment. Une nouvelle vie commence ; nouvelle ville, nouveau lycée, nouvel appartement et surtout nouvelles connaissances.

ALEXIS

Dimanche soir... Demain encore une journée de cours habituelle comme chaque semaine à Fulton. On est début avril et je m'ennuie à mourir comme toujours. Enfin je ne m'ennuyais pas quand ma blonde Erin s'intéressait à moi… Je pense à elle à chaque instant. Me voilà à écouter de la musique d'un groupe français qu'un ami m'a fait connaitre il y a peu : « It's Too Late » de Blue Box. Appuyé contre la fenêtre de ma chambre, je repense à la période durant laquelle j'ai eu le plaisir de goûter à cette déesse aux cheveux d'or...

Je n'ai pas sommeil, les paroles lancinantes dans les oreilles, je regarde dehors. C'est la nuit noire et je ne peux voir que grâce à la lumière des lampadaires. Tout est silencieux et calme. Je jette un coup d'œil à mon réveil, il est déjà plus de trois heures du matin et demain j'ai cours évidemment, génial. Il est largement temps que je dorme si je ne veux pas ressembler à un zombi au réveil ! Je suis sur le point d'aller me mettre dans mon lit quand soudain les lumières d'une voiture éclairent ma chambre. Je fronce les sourcils et curieux je me précipite à la fenêtre pour voir qui à Fulton peut bien rouler aussi tard dans la nuit, c'est une ville tellement calme.

Une voiture noire est garée sur le trottoir juste en face de ma maison. J'enlève le casque de mes oreilles et me colle à la vitre pour mieux voir dans la pénombre. Je n'ai jamais vu cette voiture. Soudain la porte côté passager s'ouvre et j'aperçois tout d'abord une chevelure brune, dense, puis la silhouette se dégage de la voiture et je peux admirer la personne. C'est une fille qui a l'air d'avoir environ mon âge, elle est belle. De là où je suis, elle ne semble pas extraordinaire, je préfère les blondes mais elle a quelque chose en plus des autres filles, je ne sais pas quoi, mais je le découvrirai. Je continue de l'observer sans pouvoir détacher mon regard d'elle jusqu'à ce qu'un jeune homme, beau lui aussi et qui ressemble beaucoup à la fille, sorte de la voiture. Il n'a pas l'air spécialement grand ou fort mais quelque chose de sauvage en lui me fait frissonner.

Je les regarde de ma fenêtre jusqu'à ce qu'ils disparaissent avec des sacs de voyages dans l'immeuble d'en face. Je continue de fixer pendant un moment la porte du bâtiment. C'est sûrement des enfants qui viennent rendre visite à leur famille... J'hausse les épaules, j'éteins mon iPod et le pose avec le casque sur mon bureau en silence puis je m'allonge sur mon lit. Je regarde le plafond en pensant vaguement à mon ex petite amie. Mes pensées divaguent vers la jolie brune que je viens de voir, peut être que je la reverrai... Je l'espère.

Le réveil retenti dans mes oreilles. Je me suis endormi tout habillé. J'enfonce ma tête dans l'oreiller après avoir arrêté la sonnerie du réveil. Déjà sept heures, et il est temps de se préparer pour aller au lycée. Je sors péniblement de mon lit et vais dans la salle de bain. Après une petite douche rapide, j'enfile un jean, un t-shirt et une veste de sweat puis je prends mon sac, mets mes

Nike noires et je dévale les escaliers pour aller dans la cuisine où ma mère vient de finir de préparer le petit déjeuner.

Je vis avec ma mère, je ne connais pas mon père mais je n'ai jamais ressenti de manque, on vit très bien tous les deux, ma mère et moi. Je lui dis bonjour et lui souris de ma tête encore endormie. J'engloutis deux tartines et un bol de café, je file après lui avoir fait la bise. Je suis déjà limite en retard, comme d'habitude en fait.

Je cours jusqu'au lycée qui est à une dizaine de minutes de chez moi. La porte de ma salle est fermée quand j'arrive enfin, je toque et ouvre. Je m'excuse auprès du professeur de philosophie et cherche une place libre. Au moment où je vais m'asseoir au fond de la salle, la porte s'ouvre, je ne suis donc pas le seul retardataire apparemment !

Je me tourne vers la porte pour voir qui c'est avec un petit sourire en coin et me moquer gentiment de la personne mais là, mon cœur rate un battement quand je la reconnais. C'est la fille de cette nuit, elle est bien plus belle de près, je lui souris et elle me regarde, elle me rend mon sourire et quel sourire ! Waouh, c'est comme si elle ne souriait pas souvent. L'impression d'avoir eu l'honneur d'un don du ciel me traverse l'esprit... Je plonge dans les profondeurs de son regard ; magnifiques pupilles argentées !

Soudain, je me rends compte que toute la classe

nous regarde en pouffant de rire. Je rougis légèrement, ils se moquent de mon sourire béat ; je suis resté bouche bée à l'observer un peu trop longtemps. Je pars m'installer à la place du fond en marmonnant des excuses à la nouvelle qui me dévisage. Le professeur échange quelques mots avec celle-ci puis elle vient s'asseoir à la seule table de libre, celle juste à côté de la mienne, sur l'autre rangée. Je ne peux m'empêcher de la regarder du coin de l'œil. Monsieur Rodriguez et son accent du sud prennent alors la parole :

-Jeunes gens, voici Jade, c'est votre nouvelle camarade, je vous prierais d'être courtois avec elle, elle est nouvelle en ville... Donc heu ... M.Connor ! Tiens comme vous étiez en retard c'est vous qui montrerez à cette demoiselle l'établissement durant la pause, merci.

Il me regarde en déclarant cela sans me laisser le moindre choix. Il reprend tout simplement son cours, comme si de rien n'était. Je sors un stylo et une feuille et fais semblant de m'intéresser à la leçon du jour. C'est une année où les professeurs commencent à vous tracasser au sujet des études et de votre avenir, l'année du début de la vie de grand comme on peut dire, celle avant le bac.

JADE

Je me suis perdue sur le trajet pour le lycée ce matin, c'est pour ça que je suis arrivée en retard à mon premier cours dans ce lycée. Cette nuit avec Bryan on s'est installé dans notre nouvel appartement. L'endroit est presque parfait, il y a une cuisine, un salon, un bureau, deux grandes chambres... mais seulement une salle de bain. C'est suffisant et même parfait à mes yeux, c'est un peu vide à cause du manque de meubles mais Bryan m'a promis d'y remédier aujourd'hui alors que je serai en cours, donc tout va bien.

Je m'assieds au fond de la classe. Tous les étudiants me regardent plus en moins discrètement. L'enseignant a besoin de les rappeler à l'ordre pour que le cours puisse enfin reprendre. C'est toujours la même chose. Qu'importe où que j'aille, j'attire l'attention. C'est tout à fait naturel : J'arrive en milieu d'année, et je ne suis pas humaine. Même en retenant toute aura de séduction, j'ai un corps qui plait aux hommes. Hé oui, j'ai récemment eu une poussée de croissance, avec en prime une poitrine... généreuse. Merci mes gênes de Sang-pur. Le garçon qui est arrivé juste avant moi n'arrête pas de me regarder, je souris en sortant un cahier et mon stylo plume noir avec une fleur de lys en or gravé, le symbole de ce que je suis, le symbole des Sang-purs.

D'après le prénom que je vois sur une de ses copies, cet humain se nomme Alexis, il me regarde encore. Au bout d'un moment, je me décide à me tourner face à lui. Je lui souris, il est mignon comme humain, il sent bon aussi et semble être une bonne personne. Je vois le sang monter à ses joues quand il se rend compte qu'il n'a pas été très discret, je me penche vers lui doucement.

-Salut, dis-moi Alexis dans combien de temps le cours finit-il ?

-Dans vingt minutes.

Il répond, un peu surpris, en regardant sa montre, je devine ce à quoi il pense, mais interdiction d'abuser de mes pouvoirs psychiques pour lire les pensées d'un pauvre garçon tel que lui. Il relève la tête vers moi, me sourit, et se reprend.

-Je te ferai visiter le lycée et … pardonne moi de t'avoir quelque peu dévisagée. C'est juste que je n'ai jamais vu d'aussi beaux yeux, sincèrement….

- Super et merci, c'est gentil mais moi j'en vois en ce moment même de plus beaux que les miens.

Je souris légèrement amusée en me redressant et en regardant le tableau. Je sens, plus que je ne le vois, qu'il est flatté mais aussi et surtout gêné par mon compliment puis il se tourne aussi vers le professeur. J'entends le cœur d'Alexis battre régulièrement, il n'a pas l'air si impressionné que ça par ma personne. Il faut dire qu'avec des converses, un simple jean et ma petite veste en cuir noir, je suis assez banale. Si l'on ne regarde pas mon visage et qu'on ne prête pas trop attention à ma façon de me mouvoir, je dois sans doutes paraître aux yeux des humains pas plus hors-norme que le reste du commun des mortels. C'est mieux ainsi et puis c'est le but recherché par mon frère pour ma sécurité ; « je ne dois pas attirer l'attention » dit-il. Bryan me force, depuis que je côtoie les hommes de près, à faire en sorte de ne pas me faire remarquer et maintenant j'en ai pris l'habitude, comme une seconde peau. J'écris distraitement la leçon en entendant le stylo de mon voisin gratter sur la feuille. Je sens que je vais pouvoir me plaire dans ce lycée, après tout j'aurai peut-être enfin de vrais amis. Je ne remarque pas le jeune garçon assis à l'autre bout de la classe et qui fixe d'un regard intense mon stylo avec une impression de trouble palpable, je ne fais d'ailleurs pas attention à lui de tous les cours de la journée et des autres jours. Pourquoi le ferais-je ?

La sonnerie horrible qui signifie la fin du cours retentit, j'ai failli mettre les mains sur mes oreilles. Il va falloir que je me réhabitue, ces sonneries sont vraiment puissantes pour quelqu'un comme moi qui a une ouïe bien plus développée que la normale.

Je range mes affaires et vu que la seule personne dont je connais le prénom est ce garçon, Alexis, je vais vers lui en souriant.

-Je peux rester avec toi ? Je ne connais personne ici et je ne sais même pas où est le prochain cours !

-Si tu veux, ça ne me dérange pas et de toute façon M. Rodriguez a demandé à ce que je m'occupe de toi. Il vaut mieux que je fasse ce qu'il demande, de plus ça me fait plaisir... Tu n'as qu'à venir avec moi pour le cours de français à l'étage supérieur.

Alexis me sourit légèrement, je l'ai pris de court mais c'est un gentil garçon, je peux le voir dans ses yeux d'un bleu pur où il n'y a aucune mauvaise intention envers moi. J'ai l'impression que je ne dois pas être son genre. Dommage. Enfin, c'est peut-être mieux ainsi. Les vampires ne sortent pas avec des humains, et je ne vois même pas pourquoi je ressens de la déception à réaliser cela.

Je sors de la salle à la suite de mon nouvel ami, si l'on peut dire cela. Plusieurs filles me regardent, elles ne vont pas me prendre en affection vu la façon avec laquelle elles me regardent. Je comprends que le problème est mon rapprochement trop visible et rapide avec cet Alexis. Elles sont jalouses, ce qui est normal vu qu'Alexis est un assez beau garçon, pas très musclé, il devrait pratiquer un peu plus de sport. Enfin bon, il ne semble pas tellement intéressé par les filles de sa classe ni même remarquer leurs regards. Un petit sourire de garce se dessine sur mes lèvres, mon côté vampire sûrement. Je marche juste derrière lui, beaucoup de personnes se retournent pour me regarder, attirés par ma beauté peut être, ou pas. C'est sans doute la curiosité naturelle face aux nouveaux.

Soudain, je rentre brutalement dans Alexis, celui-ci s'est arrêté en plein milieu du chemin et je me suis cognée le nez contre son dos. Heureusement que je marchais lentement sinon le choc aurait mis facilement Alexis à terre.

-Aye ! Préviens, avant de t'arrêter d'un coup la prochaine fois…

Je me frotte le bout du nez, je suis un vampire donc évidement je n'ai pas eu mal. Alors que je contourne Alexis pour voir ce qui l'a arrêté, une odeur de vampire me picote les narines. Je fronce les sourcils.

-Salut Erin, comment vas-tu ? demande Alexis un peu tendu d'un coup.

La magnifique blonde qui est plantée au milieu de notre passage lui fait un sourire ravageur puis me jette un rapide coup d'œil qui me transperce ; cette fille doit sûrement être un vampire âgé pour me mettre mal à l'aise sur le coup. Je peux sentir sa puissance, contrairement à moi, elle n'est pas un Sang-pur donc je suis la plus forte. En cas de problème je pourrais la terrasser sans même me fatiguer, oui, nous sommes des monstres, des dieux aux yeux des autres vampires et j'en suis bien contente ! Je la regarde de la tête au pied, elle est plutôt petite. Un corps longiligne avec des cheveux qui ruissellent tels une cascade d'or, de jolis yeux en amande et une peau de nacre, mais son âge lui permet de supporter la lumière, d'autant plus que le ciel est légèrement couvert... la question maintenant c'est : amie ou ennemie ?

ALEXIS

Elle est toujours aussi belle, un vrai rayon de soleil même si sa peau doit toujours être un peu froide, ça ne m'a jamais gêné de toute manière... Quand je pense qu'Erin est mon ex, elle a rompu avec moi il y a deux semaines, sans aucune explication. Elle est trop parfaite pour moi à mon avis. J'ai passé mes journées depuis cette rupture à l'éviter pour ne pas me sentir trop stupide et il faut que là, alors que je ne m'y attendais pas, je la croise... Une super journée en prévision...
Je souris en sentant le rouge me monter aux joues. Je suis toujours impressionné par elle, c'est même pire maintenant que j'ai goûté à elle, à son corps de déesse, à son sourire pour moi qui ai eu la chance d'avoir fréquenté une fille aussi resplendissante ! C'est insupportable, je meurs d'envie de la prendre dans mes bras et de l'embrasser. C'est impossible désormais, alors je dois juste sourire comme si de rien n'était, jouer

l'indifférent en posant cette question banale que tout le monde dit à tout le monde ce : « comment vas-tu ? ». Elle me fait un grand sourire qui ne va pas pour autant jusqu'à ses yeux, elle me répond gentiment.

-Alexis… Je vais très bien et toi ? Tu t'es trouvé une nouvelle amie je présume ?

Je me retourne subitement, j'ai complètement oublié Jade !

-Je vais bien et heu oui ! Je te présente Jade… dis-je en prenant celle-ci par les épaules et en souriant bêtement.

Je ne sais pas ce qui me prend, mais pour l'instant je veux juste faire croire à Erin que je suis déjà passé à autre chose. C'est idiot, une réaction très infantile et en plus je suis vraiment très mauvais acteur ! Jade ne réagit même pas sur le coup, alors que son regard sans expression est posé sur ma blonde. Subitement, elle semble comprendre et rentre dans le jeu, je ne vois pas sa tête mais je crois bien qu'elle lance un super sourire; mélange de « fille heureuse, innocente et surtout amoureuse » et hoche la tête. Elle joue mieux la comédie que moi, ça c'est clair ! Ma superbe blonde d'ex n'a pas l'air spécialement ravie, ni de vraiment y croire. Elle regarde du coin de l'œil Jade depuis le début de la conversation ce qui n'est pas dans ses habitudes. Peut-être que ces deux filles se connaissent déjà ? Je le demanderai à Jade quand on se sera éloignés.

-Tu fais preuve d'un goût ... comment dire ? Particulier ! Finalement, tu es peut-être un garçon plus intéressant que je le croyais, cher Alexis.

Elle ne me regarde même plus, elle fixe Jade avec un sourire mystérieux aux coins des lèvres puis elle reprend la parole en me faisant un sourire ravageur :

-On se recroisera très bientôt, j'en suis sûre !

Erin part comme elle est arrivée ; l'air de rien, bombe qui fait des ravages et incite au respect. Je reste interdit un moment, puis je sens Jade me pousser légèrement. Je sors de ma torpeur et lui adresse un petit sourire gêné en lui faisant signe qu'il est temps d'aller en cours.

Elle ne pose pas de question sur la discussion avec Erin, et je ne dis rien sur cet échange de regards étranges que j'ai pu observer. Je l'obligerai plus tard à m'en dévoiler la raison. Cela m'a presque fait penser à un duel, comme si chaque fille avaient jaugé les capacités de l'autre mais, capacités à quoi ? Affaire à éclaircir, elles n'ont tout de même pas lancé les hostilités pour savoir à qui j'appartiens...

Jade me laisse passer devant pour la conduire jusqu'à notre salle.

La matinée de cours prend fin et en sortant de la salle j'attends Jade qui parle au professeur de français. Je lui souris quand elle sort de la salle.

-Bon alors maintenant on va aller à la cafète, on a une heure de pause. Je vais te montrer les endroits sympas de l'établissement puis on ira à la dernière heure de cours, ok ?

-Ça me va ! Je te suis Alexis.

-Génial... J'ai juste une question; tu n'aurais pas déjà rencontré Erin par le passé ? Car on aurait dit qu'il y avait un truc entre vous...

-Non, non, je n'ai jamais vu cette fille et je ne vois pas de quoi tu parles, voyons ! Je viens d'arriver dans ce lycée, je te rappelle !

Elle sourit et je me dis que j'ai été bête de croire qu'il y avait quelque chose, même si l'impression reste curieusement gravée en moi ... Jade est vraiment une fille agréable, pas agaçante ni rien, elle se comporte déjà comme une amie et j'apprécie. On fait ce que j'avais prévu, tout se passe bien et Jade me raconte qu'elle vit avec son frère et qu'elle vient d'emménager en ville, que sa couleur préférée est le rouge et qu'elle adore les mathématiques, car elle trouve cette matière facile, comme toutes les autres selon ce qu'elle dit... Encore un petit génie à côté de moi.

Le temps passe vite avec elle, je lui raconte aussi un peu ma vie et on rigole à parler de tout et de rien sans qu'aucun blanc ne pointe le nez entre nous deux, c'est si facile de lui parler. Je la surprends à regarder de haut Erin deux ou trois fois alors que nous sommes à la cafète mais je ne dis rien là-dessus et la regarde faire discrètement ; on dirait qu'Erin ne représente guère plus qu'un insecte gênant aux yeux de

I Sang-Pur

Jade…

Je frissonne et détourne le regard, c'est carrément flippant, et cette idée me semble vraiment très déroutante.

La fin de la journée de cours se passe tranquillement puis en sortant du lycée, je présente Jade à quelques amis qui ont l'air très heureux de l'arrivée de cette nouvelle. Je fais le trajet jusqu'à chez moi avec Jade, vu qu'on habite l'un en face de l'autre. Elle rentre dans son bâtiment en me saluant de la main et me disant « à demain. ».

Je rentre chez moi avec un sourire aux lèvres. Jade va devenir vraiment une bonne amie. Je ne sais pas grand-chose de cette fille, mais je l'aime bien. Je suis sûr que Jade va devenir vraiment une bonne amie, ou alors je m'emballe trop vite.

Il est à peine seize heures quand je me pose enfin sur mon lit. Je n'ai pas envie de sortir, on est en début avril et il commence à faire bon mais je n'ai pas envie de traîner donc la meilleure chose à faire dans ces cas là pour moi, c'est simple, c'est prendre mon iPod et mon casque et écouter à fond de la musique en pensant à rien. C'est ce que je fais durant plus de deux heures puis je travaille enfin sur mes leçons. Je mange avec ma mère, puis je vais dans ma chambre lire un des livres pour le lycée, du théâtre ; Othello, de Shakespeare…pas du tout ma tasse de thé mais je dois le lire et je n'ai pas grand-chose d'autre à faire, alors je m'y mets en m'installant près de la fenêtre.

Chapitre 2

JADE

Alors que j'ouvre la porte de l'appartement, je me détends enfin, c'était vraiment très difficile, voire insupportable de devoir vivre au milieu d'un vrai repas de fête avec tout ce sang frais ! Surtout quand l'un d'eux devient gentil. Alexis est un humain que j'apprécie, je ne sais pas comment il a fait pour réussir à m'amadouer mais c'est la première fois que ça m'arrive. Avec lui, j'ai pu être une jeune fille de seize ans normale, j'ai dû cacher mon côté vampire pour faire comme les autres filles humaines mais c'était tout de même une journée agréable.

-Bryan, j'ai faim ! Maugréai-je en refermant la porte derrière moi.

Mon frère apparaît un quart de seconde plus tard dans l'embrassure de la porte du salon. Il est tout sourire. Je jette un coup d'œil autour de moi, la décoration a changé pour un appartement aux meubles d'un design moderne et reposant. Les murs sont peints dans des teintes chaudes, de beige au brun pour les salles communes, avec le mobilier en bois. Je meurs d'envie de voir ma chambre.

-Sublime effort, je le reconnais, même si tu as dû

sûrement demander de l'aide à l'une de tes nombreuses conquêtes ... Je lui fais un petit sourire et pose mon sac de cours au sol puis reprend: Mais ça ne change rien au fait que je suis quand même affamée ! Cette journée m'a creusé l'appétit.

-J'ai fait venir un donneur pour toi, groupe B-bien sucré comme tu les aimes.

-ho merci ! Ça change de tes poches de sang pour une fois !

Il me sourit mais alors que je le regarde plus attentivement je sens que quelque chose ne va pas, mon frère a l'air tracassé ce qui ne lui arrive que très rarement. Je fais mine de ne pas avoir remarqué pour l'instant, et me dirige dans le salon pour y trouver mon repas sous hypnose assis sur un canapé en cuir.

Je me nourris suffisamment en m'arrêtant avant qu'il ne meure, le laissant évanoui. Cet humain sera déposé dans la rue plus tard et se réveillera peut être... Je me redresse et m'assois dans le canapé. Bryan n'a pas bougé de place et me regarde avec les yeux sombres, lui aussi a mangé, mais il a encore faim comme d'habitude. Le voyant ainsi, je l'interpelle gentiment.

-Alors ? Tu vas me dire ce qui se passe ou je vais devoir arracher l'information de ta tête ?

-hum... Tu n'as pas à t'inquiéter... Je ne laisserai personne me prendre ma petite sœur.

Là-dessus, il tourne les talons et part sans en dire

plus me laissant perplexe. Qu'est-ce que Bryan a bien voulu dire par là, je ne comprends pas, et décide qu'il vaut mieux mettre ça de côté pour l'instant. Mon frère est borné et s'il a décidé de ne rien me dire, il ne dira rien.

Après avoir pris une bonne douche, je traine dans ma chambre en nuisette, la déco est féminine, très adulte je trouve, assez sobre avec des touches de rouges. Je m'ennuie et j'ai envie de sortir donc j'enfile un slim et un petit pull avant de mettre mes chaussures puis je sors en prenant ma veste et en disant à Bryan que je vais prendre l'air.

Je sors de l'immeuble les mains dans les poches de ma veste et inspire profondément. La nuit est calme, il commence déjà à être tard et il n'y a presque personne dans les rues ce soir. Mon regard se pose presque inconsciemment vers la fenêtre de la chambre d'Alexis. Il y a de la lumière. Je souris et commence à marcher en regardant dans les maisons par les fenêtres. Je me demande ce que serait ma vie si je n'étais pas un vampire… Quelle idée stupide, ma vie est bien mieux que la leur, plus excitante en tout cas !

Il fait sombre dans la ruelle que je traverse actuellement. Plongée dans mes pensées, je ne remarque pas tout de suite la silhouette perchée, telle un rapace, sur un lampadaire derrière moi. Quand je la sens, je me retourne d'un coup et grogne en montrant les crocs. C'est Erin, la vampire du lycée.

-Tu te promènes toute seule bébé vampire ? dit-elle en semblant en rire puis elle saute de son perchoir et vient me tourner autour, ce que je n'apprécie pas particulièrement.

-Oui, pourquoi ? Cela te dérange peut être ?

-Non, bien au contraire... comme ça on va pouvoir faire plus ample connaissance.

Elle se rapproche de moi puis s'éloigne un peu. J'ai ressenti son aura emplie de mauvaises intentions à mon égard. Alors qu'elle affiche un petit sourire malicieux, je me redresse de toute ma hauteur et la regarde droit dans les yeux. La force et la dignité peuvent se lire dans mon regard. Erin fronce les sourcils et semble hésiter puis soudain, elle me saute dessus. Je ne suis même pas surprise ; c'est naturel pour un vampire de vouloir protéger son territoire. J'imagine que c'est ce qu'elle pense faire, elle considère mon être comme une menace et elle a raison. Elle arrive sur moi à une vitesse plutôt élevée, preuve de son âge qui devrait être dans les 500 ans. Je grogne et l'attrape à la gorge avant qu'elle puisse me toucher. La surprise se lit sur son visage, d'autant plus que je la fais s'agenouiller devant moi avec l'unique force de ma main droite. Je pense que c'est à ce moment-là qu'elle comprend enfin car elle rentre soudainement ses crocs et me regarde avec des yeux ronds surpris. Elle est longue à la détente.

-Bien, tu as l'air d'avoir compris. Maintenant je te

laisse la vie sauve même si je devrais te tuer, vampire, pour avoir attaqué une Sang-pur.

La noblesse de mon côté vampirique s'entend au son de ma voix qui est bien plus autoritaire dans de telles circonstances. Je continue à parler alors qu'elle me fixe toujours, elle a l'air à moitié hébétée et agacée. Je lâche sa gorge tout en m'écartant de quelques pas sans la lâcher du regard.

-Je suis là en paix et si cette ville est ton territoire alors je te le dis en toute courtoisie, tu peux le considérer encore comme tel.

-Mais qui es-tu ? Je ne savais pas qu'une Sang-pur était dans les environs...

-Je préfère vivre dans l'ignorance des autres et je me nomme bien Jade... Jade Thornton et tu dois savoir que je ne suis pas la seule Sang-pur en ville.

-Thornton... Le prince et la princesse ?! Donc tu n'es pas morte dans l'incendie comme le disent certains !

Elle a l'air surexcitée comme si elle avait trouvé quelque chose de rare, bon c'est vrai que les vampires comme elle, ne doivent pas croiser souvent des Sang-pur. De plus, nous sommes les derniers descendants purs de la famille vampire Thornton. Je n'aime pas vraiment qu'on me regarde comme si j'étais une extraterrestre ! Je lève les yeux au ciel et la regarde en croisant les bras sur ma poitrine.

-Ouais, ouais et ouais… C'est juste un titre, seul mon frère gouverne, moi j'essaie de vivre ma vie c'est tout, ok ?! Je suis non-officiellement vivante… Et personne ne doit savoir qu'on vit là, c'est clair ?

-Clair comme de l'eau de roche !

Erin se relève en une petite révérence maladroite, puis du haut de ses talons me regarde avec des yeux pétillants. Je souris, elle est craquante ; pour les garçons ça doit être dur de résister à un aussi joli lot. Je comprends pourquoi Alexis semblait si impressionné.

Maintenant, je n'ai plus qu'à lui dire qu'elle doit voir en moi qu'une amie potentielle et rien d'autre, et aussi que je n'utilise mon pouvoir quand cas de nécessité. On discute pendant près d'une heure : en fait, c'est une fille agréable qui possède un esprit fin et intelligent. Elle semble aussi m'apprécier. Au début, c'était un peu dur pour elle de ne pas faire comme si elle était devant un vampire de naissance, une personne supérieure, pas une créature basique comme elle. Il commence à se faire tard, je ne veux pas que Bryan s'inquiète, alors je dis au revoir à Erin et je rentre chez moi.

En chemin, je souris en repensant à cette journée. J'ai rencontré un humain qui attise ma curiosité et ma sympathie, ainsi qu'un vampire que je considère déjà presque comme une alliée possible. Un Sang-pur n'a jamais réellement de véritables alliés, mais c'est tout de même une bonne journée !

Je m'apprête à ouvrir la porte du bâtiment, quand soudain je sens la présence de quelqu'un. Je m'arrête net dans mon mouvement et me sers de tous mes sens pour savoir qui est là tapi dans l'ombre à m'observer mais il est déjà trop tard, toute trace d'une quelconque présence a disparu. Je frissonne, j'ai un pressentiment, comme si un secret trop longtemps resté dans l'ombre, que je sais soudain proche, prêt à se révéler au grand jour...

En entrant, je suis accueilli par un Bryan très nerveux et qui semble avoir eu peur.

- Mais que faisais-tu ?! Ça fait deux bonnes heures que tu es sortie !

- Ho ! Ça va !j'ai fait une rencontre et j'ai discuté, rien de grave enfin calme toi...

Je le regarde de travers, il a réagi avec beaucoup trop de démesure. Je sors souvent la nuit pendant des heures et des heures et il sait que je rentre toujours.

-Jade, tu es sûre que tout va bien ? Tu n'as vu personne de... bizarre ?

-Bizarre ? Non... pourquoi ? Vas-tu me dire ce qui se passe à la fin ?

Mon frère est certes protecteur mais là on dirait qu'il est contrarié et stressé en plus. Il me fait signe d'aller m'installer dans le canapé, qu'il a beaucoup de choses à me raconter et qu'il vaut mieux que je m'assieds. Là, je commence vraiment à me poser des questions ! Je m'installe sur le canapé, je suis anxieuse mais surtout très curieuse de ce que va me dire Bryan mais avant je dois lui raconter ma rencontre et le rassurer.

MICKAËL

Je n'aurais pas cru en quittant San Francisco que ça aurait été si facile alors que depuis 500ans j'y ai mon nid. San Francisco est la ville qui compte le plus de vampires en Amérique, enfin avant que je décide de changer d'endroit pour quelques temps et que toute la noblesse vampirique me suive comme des bêtes affamées de pouvoir, prêtes à me sauter à la gorge dès que l'occasion se présente. Je ne les apprécie guère. Je les supporte quand même, car ce sont des vampires influents, les avoir de mon côté est plus aisé que de les avoir en ennemis. Même un prince a besoin d'être entouré de personnes puissantes, sinon son pouvoir est bien moins grand.

La vérité, c'est qu'au fur et à mesure des siècles, la vie a commencé à devenir lassante. Désormais, plus rien ne m'étonne. Je suis un être blasé, chez qui il n'y a plus de passion depuis plus de 2000 ans, depuis qu'elle est morte… Non, depuis que je l'ai tuée, elle, mon âme sœur, ma bien aimée…

Quand je l'ai perdue, l'essence même de ma vie a disparu. Je n'ai fait qu'accomplir mon devoir depuis ce temps prenant la place de l'ancien prince, mon père, en le battant dans un combat au corps à corps ; la mort étant la seule façon d'hériter du trône.

Kansas City, la limousine vient de passer devant le panneau indiquant le nom de la ville où mon plus fidèle serviteur et le seul en qui j'ai une certaine confiance, Wyatt, a trouvé le lieu idéal pour que nous nous installions et qu'enfin je puisse la revoir, elle.

Il y a 16 ans, alors que mon territoire était de nouveau en plein conflit avec l'Est Américain. A la suite de plusieurs petites querelles, les sangs s'échauffaient. Alors que les vampires étaient tous prêt à faire un carnage, en plein milieu de cette avant-guerre, à San Francisco, au moment où je préparais mon armée, c'est là que je l'ai ressentie !

Mon cœur devenu glace s'est soudain enflammé, je me rappellerai toujours ce moment, celui où j'ai su que ma vie allait prendre un nouveau sens, celui où mon âme sœur est revenue à la vie. A ce même moment, un de nos espions dans le territoire Est à contacté mon traqueur et second, Wyatt, pour lui annoncer que le prince et son épouse avaient eu un second enfant, une petite fille aux yeux d'argent.

Tout est apparu clair dans ma tête car les

sentiments ne trompent pas. L'âme de la seule personne que j'ai chérie sur cette terre est revenue à la vie dans le corps de cette petite fille. Sans perdre de temps j'ai quitté mon nid, traversé le pays plus vite que je n'avais alors jamais couru afin d'aller signer un accord avec le Prince et la Princesse ennemis.

Je soupire, sortant de mes pensées tandis que la voiture est légèrement secouée par la route, effectivement mon chauffeur vient de s'engager dans la cour d'une grande maison plutôt à mon goût.

C'était une demeure de style 19eme siècle. Je pouvais voir dans la nuit une petite tour sombre de cette villa à l'architecture « manoir gothique ». Perdue au milieu d'un terrain, où l'on devine des arbres sur des hectares et des hectares, ce lieu de vie change énormément de notre nid à San Francisco. J'ai toujours préféré la nature à la surpopulation alors je pense que pour le temps où je resterais par ici, ce mini manoir sera parfait, surtout que Wyatt m'avait prévenu qu'il l'avait restauré à mes goûts ainsi qu'organisé, afin que des vampires puissent y vivre. Je n'ai pourtant nulle intention que toute la cour reste là à me tourner autour. J'ai besoin de calme, afin que tout se déroule parfaitement, comme je l'ai prévu au long de ces dix ans où elle a disparu. Ces années durant lesquelles elle était soi-disant morte alors qu'en vérité son frère avait voulu la cacher de moi. D'ailleurs ce petit prince va payer pour avoir essayé de me voler ma promise...

Jade, c'est le prénom de la jeune princesse qui d'ici peu deviendra mon épouse, ma moitié. Quand elle était enfant je venais l'observer discrètement, attendant le jour où elle serait enfin une femme et qu'alors ses parents devraient tenir leur promesse et me la confier. Notre mariage est la seule chose qui a permis d'éviter la guerre, mais à mes yeux tout cela n'est que superflu du moment que je retrouve enfin mon âme sœur. Durant ces dix dernières année, je n'ai pas cessé de la faire rechercher car je savais qu'elle était toujours en vie, je le sentais dans mon esprit et dans mon corps ; nos âmes étant liées…

-Mon seigneur nous sommes arrivés.

Mon chauffeur vient de se garer devant l'allée menant à la maison et je peux voir derrière la fenêtre de la voiture Wyatt qui attend ma sortie du véhicule. Je n'ai pas envie d'affronter la foule. Je veux juste penser à elle tranquillement, non, je veux tout savoir d'elle et la voir telle qu'elle est devenu ! Notre rencontre, maintenant qu'elle est une femme, ne serait tarder et alors je ne la quitterai plus jamais.

WYATT

Je ne pensais pas la rencontrer comme ça ; on l'a cherchée partout, des années pour arriver à trouver des traces de leur passage, pour les retrouver. Enfin, nous savons vraiment ce à quoi elle ressemble et où ils vivent. J'avais toujours juste connu son prénom et une description de l'image qu'elle reflétait désormais, car la dernière et première fois que je l'ai vue c'était il y a plus de 10ans... Tout mon travail prenait enfin un sens et il allait pouvoir la voir et réclamer enfin son dû.

J'avais disparu en vitesse de l'angle de rue, j'avais eu bien peur qu'elle m'ait repéré, il faudra que je sois plus prudent à l'avenir dans ma surveillance et devoir de protection de la princesse. Son frère, je dois m'en méfier, car il n'est pas en accord pour le respect de la promesse. Le prince de Sang-pur du territoire Est ne veut pas que sa petite sœur lui soit prise de cette manière, il juge le moment trop tôt et pense qu'elle devrait pouvoir choisir.

C'est vrai que la princesse est encore très jeune mais Mickaël attend depuis trop longtemps ; il veut son amour pour lui et lui seul, cela a déjà été décidé.

J'avais, à la suite des avancées de mon enquête, acheté une villa prés de Kansas city à la limite des deux territoires. Cela permet au Prince de continuer à gouverner sans problème tout en s'occupant de ses affaires personnelles. En fait, le lien qui unit la princesse et Mick est loin d'être une affaire seulement personnelle car aux yeux de tous les autres vampires cette union représente surtout l'unification des royaumes Ouest et Est Américain, la paix.

Mon maitre, et ami, devrait arriver à la villa d'une minute à l'autre. Je suis sur le seuil des escaliers à attendre les sons significatifs de l'arrivée du cortège, comme d'habitude. Je suis le serviteur de Mickaël depuis des siècles.

J'entends les voitures arriver. Silencieuse au milieu de la nuit, la cour qui suit comme une sangsue les dirigeants du monde arrive juste derrière la limousine noire du Sang-pur entouré par sa garde.

Un garde lui ouvre la porte, et le prince sort de la voiture, il est majestueux, vêtu sobrement d'une chemise anthracite et d'un pantalon noir qui met sa silhouette en valeur. Notre prince est magnifique, et quand il lève les yeux vers moi, après avoir balayé du regard les autres voitures, il esquisse un vague sourire qui ne monte pas jusqu'à ses yeux. Je le salue d'un discret mais respectueux mouvement de tête et vient à sa rencontre en traversant en une fraction de seconde l'allée menant de la demeure aux voitures. Le poing sur le cœur, je viens prendre place à ses côtés, alors qu'il me regarde en plissant légèrement ses yeux vairons si

I Sang-Pur

spectaculaires sous le clair de lune. Je suis fier d'obéir à ses ordres.

-Seigneur, vos appartements sont prêts, une humaine vous y attend. J'espère que vous avez fait bon voyage.

Il me fixe intensément sans me répondre et je ressentis une douce chaleur qui transcende mon crane. Mick ne veut savoir qu'une chose, celle pour laquelle il est venu jusqu'ici et il ne souhaite pas attendre davantage. Il veut la voir, la sentir et pour cela il sort les informations de ma tête fouillant dans mon esprit, un des pouvoirs que seuls les Sang-pur comme lui possèdent, à force d'entraînement.

Je jette un regard sombre à l'assemblée présente derrière Mickaël puis l'interroge du regard pour savoir ce qu'il souhaite que je fasse. Le prince eu un sourire en coin puis il avance frôlant le sol, presque volant, le long de l'allée et se dirige en direction de la maison sans plus de futilités. Deux gardes le suivent alors que les autres sous un signe de ma main font une barrière entre la foule et la maison.

-Chères frères et sœurs, notre prince souhaite être seul un moment donc seulement les membres habituels auront droit à rejoindre ce nouveau nid d'habitation. Les autres nobles sont priés de retourner sur nos terres et de rejoindre leurs foyers. Notre société ne peut pas se permettre d'arrêter toutes ses activités lors des déplacements du Prince. Retournez donc en Californie près du repaire, le prince fera parvenir ses commandements.

Là-dessus, je ne prends pas le temps d'écouter leurs réactions, même si j'entends bien évidement les plaintes de certains. Je me retourne et entre dans la cour de la villa suivi des vampires du foyer de San Francisco, les vampires les plus proches du Prince, si l'on peut dire. Mickaël, depuis que je le connais a toujours été très solitaire, étrangement pour le plus grand vampire.

Le calme règne dans la demeure, les membres sont dans leurs appartements et la petite noblesse a quitté les alentours. Je toque à la porte de la chambre de Mick et attend qu'il vienne m'ouvrir. Celui-ci ouvre la porte puis me fait signe d'entrer dans la chambre.

Les murs de la villa sont bien évidement insonorisés par des spécialistes, sinon rien n'est indiscret aux oreilles des personnes de notre espèce. Je reste debout au milieu de la pièce comme au garde à vous, une habitude que j'ai depuis longtemps. Je le regarde de nouveau traverser la grande pièce recouverte de fourrures, de tableaux de guerre et de meubles en bois sculptés, pour aller s'installer dans un fauteuil majestueux. Une étincelle brille dans ses yeux alors qu'il prend la parole pour la première fois depuis son arrivée ici.

-Raconte-moi, je veux tout savoir.

Je lui ouvre mon esprit, le laissant observer la vision que j'ai eu d'elle un peu plus tôt, puis je lui donne les détails et je finis sur le pressentiment que son frère se doute de notre présence, surtout que tous les vampires de passage ne lui auront certainement pas échappé. Je doute que notre nid reste secret bien longtemps.

Mick mit du temps avant de s'exprimer, un sourire satisfait se dessine sur ses lèvres. Il me fixe un long moment avant de me demander, l'air de rien :

-Toi, comment trouves tu ma princesse ? Elle te plait ?

- Elle est sans aucun doute très bien.

-Ce n'est pas cela que je te demande, ne fais pas semblant de ne pas comprendre Wyatt.

Je reste immobile, sans réaction, alors que je cherche une réponse adéquate. Je sais comment cette fille est, comme Mick connait mon talent qui permet de voir la nature profonde des êtres comme dans un livre. C'est mon don, et rares sont les vampires non de Sang-pur qui ont des pouvoirs, certains comme moi en ont développé.

-Une beauté sauvage, un physique noble, c'est une véritable princesse mais pas une reine, lui dis-je. Elle ne connait rien à la vie en société vampire, ce n'est qu'une enfant qui a toujours vécu sous l'aile protectrice de ses parents puis de son frère... Je ne pense pas qu'elle se laissera faire.

D'après ce que j'ai vu, quand elle a interféré avec une autre femelle, elle ne me paraît pas docile et prête à accepter un mariage arrangé depuis sa naissance, sans rien dire. Son âme est aussi rebelle qu'elle est belle, maître.

I Sang-Pur

Chapitre 3

JADE

Je suis assise sur le canapé, je fixe Bryan qui fait les cents pas, juste sous mon nez ce qui m'agace d'ailleurs, je soupire et passe une main dans mes cheveux en me levant. Je me place juste devant mon frère, les mains dans les poches arrières de mon jean. Je le regarde droit dans les yeux en essayant de rester le plus calme possible, je prends la parole d'une voix qui se veut autoritaire mais tendre aussi sinon mon frère se braquerait.

- Parle, depuis cinq minutes tu ne dis rien, enfin qu'y a-t-il de si grave pour que je ressente autant ton anxiété toi qui contrôles toujours parfaitement la situation ?

Je lui souris de façon à le rassurer, je ne suis pas une fille patiente du tout, c'est un de mes gros défauts, je ne supporte pas de devoir attendre quoi que ce soit. Bryan me regarde dans les yeux, je ne peux lire aucune expression sur son visage, et quand il prend enfin la parole, je suis véritablement soulagée.

-Il y a des choses que tu ignores, ma sœur, je pensais pouvoir faire en sorte que tu y échappes encore un moment, mais malheureusement le temps passe trop vite et tu avances en âge, tu es déjà presque une femme.

Il s'écarte de moi et va près de la fenêtre, les yeux plongés dans les tréfonds de l'obscurité de la nuit, suivant un point lointain derrière la vitre, je le suis du regard, je n'ose ouvrir la bouche de peur qu'il s'arrête de parler, car ce qu'il s'apprête à dire est je le sens, important, un tournant de ma vie, jusqu'ici plutôt paisible.

-Quand tu n'étais qu'une toute petite fille, père et mère ont scellé un pacte pour unir les territoires américains, ce pacte inclut ton union avec le prince de l'Ouest. À tes dix-huit ans, tu dois épouser Mickaël Wilkerson. C'est ton devoir de princesse, si tu ne le fais pas qui sait ce qui adviendra… Je sais que tu es contre ces traditions "de la vieille école" comme tu dis, et je suis désolé Jade. J'ai vraiment fait tout ce que je pouvais pour qu'ils ne nous retrouvent pas, mais j'ai senti la trace de son traqueur ce soir.

Je ne sais pas comme réagir, et mon expression est celle d'une parfaite statue de pierre, les réactions naturelles humaines sont parfois si dure à avoir pour nous autres, et pourtant nos cœurs ne sont pas en pierre, au contraire, on ressent encore plus fort que tout humain puisse s'en vanter. A ce moment ce que j'éprouve est trop fort et confus pour être décrit, j'aimerais tellement parfois ne rien ressentir.

Je pense que je pourrais dire que je suis déchirée

entre deux sentiments puissants, l'un me crie de fuir le danger et de rester libre, alors qu'une autre partie de moi veut vivre cette aventure, ou du moins voir à qui j'ai affaire avant de baisser les bras. Ce qui est certain c'est que si ce Mickaël doit m'épouser, avant il devra me conquérir, je ne me marierai jamais avec un parfait inconnu !

Je relève les yeux vers ceux de mon frère, cherchant son regard pour le soutenir tout en me relevant.

-je ne me laisserai pas faire. Comme tu le dis je suis une princesse et je ferai ce qu'il faut pour mon royaume, mais j'y mettrai mes conditions.

Bryan se tourne vers moi et me regarde de haut en bas d'un air douteux, qui ne me plait guère, il croit toujours que je suis une petite fille, mais c'est faux ! J'ai grandi, je suis déjà une jeune femme, le temps passe vite, certes moins à nos yeux, mais tout de même, je sais qu'avec les événements à venir je serai amenée à devenir adulte plus vite que ce que nous le voulions mon frère et moi surtout... Désormais, il n'est plus temps de tergiverser, une princesse doit agir comme une adulte pour arriver à gagner le respect des autres, chez nous c'est une question de vie ou de mort. Le trône est un symbole qui représente l'une des choses les plus convoitées.

-Laisse le venir jusqu'à nous, jusqu'à moi, qu'il vienne me chercher par lui-même s'il me veut, et alors il verra bien qui je suis !

Je n'adresse pas une parole de plus à mon frère, de peur de commencer à me dégonfler et ne plus tenir parole, je ferme les yeux, histoire de garder ma contenance et sors de la pièce sous le regard courroucé et perplexe de "monsieur "mon frère !

J'entre dans ma chambre, et referme la porte derrière moi puis je me laisse glisser le long de celle-ci jusqu'à me retrouver assise sur mon parquet dos contre la porte, je pose ma tête entre mes mains, et alors je m'autorise à me laisser aller ,et là je me mets à pleurer en silence dans la chambre noire, des larmes de sang qui de rouge teintent mes joues. Je reste un bon moment ainsi sans bouger, puis je relève la tête et fixe le mur d'un air décidé, je ne devais pas me laisser aller, une princesse sur qui le peuple ne peut pas compter, n'est pas une véritable princesse. D'ici peu la nouvelle de ma "non mort "va se répandre, et alors non seulement ce prince vampire qui veut m'épouser sera sur mon dos, mais tous les autres vampires Américains réclameront cette union...

ALEXIS

Hier soir je me suis endormi comme un bébé, au bord de ma fenêtre, et quand mon réveil sonne pour l'heure de se préparer à aller en cours, je suis réveillé si soudainement au milieu de mon rêve que j'en trébuche par terre et me cogne stupidement le genou contre un meuble, une petite table basse en bois clair, qui ne sert à rien dans ma chambre. Ma mère l' a trouvée l'an dernier dans une brocante et a eu un coup de foudre pour ce" bout de bois" comme pour beaucoup d'autres meubles, puis vu que les autres pièces de la maison sont déjà bien remplies, elle l'a finalement fourgué dans ma chambre.

Je grogne dans ma barbe, en frottant le genou, je n'ai rien évidement, mais dès le réveil c'est plutôt désagréable. Je me redresse, éteinds l'affreuse sonnerie, puis je passe une main dans mes cheveux en les ébouriffant, tout en regardant distraitement par la fenêtre, le temps de vraiment me réveiller. Je ne réalise pas sur le coup que la jeune fille que je vois aussi, derrière une fenêtre du bâtiment de l'autre côté de la rue, est Jade, la nouvelle qui m'a fait une si bonne impression hier au lycée.

Elle semble pensive, et même si son esprit vagabonde dans des contrées éloignées, perdues je ne sais où, je peux voir sur les traits de son visage une expression bouleversante Elle fixe un point, les yeux dans le vague à moitié dévêtue en enfilant un débardeur. L'instant ne dure pas assez longtemps, seulement quelques secondes, pour que je puisse donner du sens à son expression, car brusquement elle tourne la tête en ma direction.

Que peut-elle elle penser de moi ? Mince alors, elle vient de me surprendre à la regarder en sous-vêtements ! Ce que je fais va vous paraitre drôle, et j'imagine que ça doit l'être, mais pas pour moi, je me laisse tomber à terre hors de vue de Jade, et geins quand mon genou tape encore contre la petite table en bois.

-Aille ! Saleté de meuble !

Quand je me redresse discrètement après avoir refermé les stores pour regarder à travers sans être vu, à mon grand étonnement Jade n'est plus là, je me serais attendu à la voir ouvrir sa fenêtre pour me crier dessus que je suis un affreux pervers comme la plupart des autres filles l'auraient fait je pense dans ce cas, mais elle a disparu…

Je fronce les sourcils et secoue la tête pour chasser ce moment de mon esprit, lorsque j'entends ma mère crier du rez-de-chaussée quelque chose comme quoi je suis une nouvelle fois, encore, en retard !

J'arrive enfin devant la grille de la splendide entrée du lycée de Saint Louis où la plupart des jeunes du coin vont, la fameuse Fulton High School. J'étais un retardataire habitué, il y en a toujours dans chaque établissement mais je savais comment procéder pour passer la porte d'entrée après les grilles sans être vu par le surveillant, et c'est ce que je fais.

Quand j'ouvre la porte de ma salle de cours avec

un petit sourire désolé envers le professeur qui soupire en relevant vaguement : "qu'un jour, il faudra que j'apprenne à être à l'heure dans ma vie ", je cherche le visage de Jade parmi le nombre élevé d'étudiants. Mon regard tombe en plein sur ses ébahissantes prunelles grises argentées. Je prends le temps, en marchant vers elle dans le fond de la classe en analysant son expression pour voir si elle m'en veux à cause de ce matin, elle semble le remarquer et s'en amuser. Je prends place à ses côtés.

Je ne sais pas vraiment par où commencer, alors je sors mes affaires de cours, puis une fois cela fait je me résigne à la regarder bien en face, puis j'ouvre la bouche alors que je sens déjà le rouge me monter aux joues.

-Je voudrais te dire que pour ce matin ce n'est pas du tout ce que tu crois !

Elle hausse ses fins sourcils, prend son temps avant de me répondre comme si elle sait à quel point je suis dans l'embarras et qu'elle veut me faire devenir encore plus rouge tomate ! En souriant elle prend la parole en chuchotant, afin que notre enseignant n'entende pas, tout en me fixant avec sympathie, je suis déjà pardonné.

-Se changer devant une fenêtre sans rideau est très certainement une mauvaise idée, grâce à toi je m'en suis rendue compte, et je vais mettre des rideaux ! Elle fait une pause pour balayer la salle d'un air pensif, puis elle ajoute : Je sens, au combien, tu te sens mal à l'aise, tu n'as pas à l'être c'était un accident et en plus ce n'est pas de ta faute, je n'ai pas à t'en vouloir !

Je sens, avant même de la voir, sa main sur mon épaule et un sourire me monte aux lèvres, sourire que je vois se refléter sur le visage radieux de Jade. L'expression que j'ai surprise sur ce même visage il y a à peine une heure, est loin désormais et j'oublie de lui en parler. J'oublie de lui dire que j'ai vu une chose terrible exprimée par son visage et un grand secret, c'est cela que je n'avais pas saisi sur l'instant ce matin. Le moment pour lui en parler est passé, et cette chose semble trop enfouie au fond de ses pensées, du moins en apparence, pour que je l'évoque ici en plein cours. Mais plus j'y pensais, plus je voulais savoir, connaitre l'histoire de cette fille. Complètement obnubilé par le visage de Jade de ce matin à mon réveil, devenu si différent de celui qu'elle a avec moi désormais, j'en viens à la sortie des cours sur le chemin du retour, à la questionner sur sa vie.

- Alors dis-moi qu'est ce qui t'a amené dans notre ville ?

Elle me sourit puis répond avec un naturel désarmant.

-Depuis que je suis petite, je déménage fréquemment. Je vis avec mon frère, mes parents sont morts, depuis une dizaine d'année. Nous sommes obligés de déménager pour vivre tranquillement…

Elle me parle d'elle avec distance mais franchise. J'en suis ému bien que ma curiosité soit loin d'être rassasiée, ce qu'elle conte manque de ces détails qui rendent une histoire exceptionnelle, qui provoquant des sentiments forts chez les auditeurs…

-Je suis désolé pour tes parents ça a dû être dur pour toi de vivre sans eux… Tu aimes changer régulière de lieu de vie ?

JADE

Parler avec Alexis comme ça me fait du bien, je me sens libre d'être juste heureuse et de parler comme si de rien était, je lui réponds sincèrement, n'aimant pas mentir, mais sans rentrer dans les détails, car je ne peux pas lui répondre : « ha ba je suis venue là parce que je suis une princesse vampire surprotégée par son grand-frère, et je tente d'échapper à de possibles assassins. »

Impossible, je sais que je ne peux pas lui expliquer ma vie qui va de pair avec l'existence de mon espèce. Il est interdit de parler aux humains de notre nature, une princesse ne peut désobéir à une loi ancestrale aussi importante, c'est pour le bien de tous…et je le mettrais en danger !

Mais alors que je suis sur le point de répondre avec gentillesse à sa question, je m'arrête dans mon élan et fixe mon regard sur un coin sombre de la rue à une dizaine de mètres de nous. Je m'avance d'un pas afin de me placer devant Alexis qui ne comprend pas ce que je fais, et me dévisage. Un grognement puissant s'échappe de ma gorge. Il l'a entendu, lui, le vampire de la nuit dernière. J'entends son petit ricanement qui vient m'irriter les oreilles avant même qu'il approche d'Alexis et de moi doucement tout en veillant à rester dans l'ombre.

Il évite le soleil et pourtant il me parait plutôt âgé comme vampire donc il ne craint plus les forts rayons lumineux, et d'après Bryan ce vampire est le traqueur du prince de l'ouest, le vampire à qui je suis promise…

Sans lâcher ce parasite du regard, je rassure Alexis en serrant sa main dans la mienne.

-Ne dis rien et laisse-moi faire, je sais gérer ce type de personne. N'interviens pas s'il te plait d'accord ?

Je lui adresse un léger sourire en coin et un coup d'œil rapide, en me plaçant bien entre les deux, je ne veux surtout pas que ce satané vampire s'en prenne à mon ami ou lui en montre un peu trop sur nos différences avec le commun des mortels.

Je serre la main d'Alexis dans la mienne, et la tête haute et un air supérieur j'élève ma voix et parle au traqueur.

- Je sais qui tu es. Que me veux-tu pour oser venir me déranger en pleine journée ?!

Je le dévisage volontairement en m'adressant à lui comme à un vulgaire chien, car il n'est rien de plus qu'un valet aux ordres de son maître. Il était désormais à moins de deux mètres de moi ce que je trouve bien grossier et gonflé de sa part, tout de même, compte tenu de mon statut de Sang-pur. Je lui fais comprendre que je désapprouve autant de familiarité, en lançant une petite pique mentale à son esprit, il n'a pas intérêt à s'approcher plus s'il ne veut pas se battre avec moi ! Certes, je suis très jeune comme vampire, et une fille, mais mon sang est pur, m'attaquer reviendrait à faire un affront à la société vampire même !

Il prend la parole d'une voix qui me parut vraiment douce sur le coup, avant que je comprenne qu'il essaye de me charmer, sans aucun doute une habitude pour lui quand il s'adresse à la gente féminine !

-Je vous prie de bien vouloir pardonner ma venue princesse. Je me nomme Wyatt, je viens vous livrer un message de la part de mon maitre, le Prince Mickaël. Il invite votre grâce à venir le saluer, seule bien entendu…

Alors qu'il parle je le regarde plus en détails, pas très grand pour un vampire, il n'en est pas moins imposant, de corpulence plutôt fine on devine toutefois sous ses habits, un corps musclé comme il se doit, et entrainé à de longues traques sans se nourrir pendant un certain temps ! Son apparence n'est donc pas éblouissante, comme celle des Sang-pur, non, il a l'allure d'une bête sauvage, tout juste sous contrôle. Ce qui retient le plus mon attention c'est ses yeux, je n'en ai jamais vu d'aussi sombres ! Ils ne sont pas juste d'un marron très foncé mais vraiment noirs et ils me donnent l'impression de m'enfoncer au plus profond des abysses, surtout que ce regard est encadré par des cheveux qui lui arrivent un peu au-dessus des épaules ,et tout aussi d' un noir aux reflets bleu nuit !

Dans mon observation du vampire j'en ai presque oublié Alexis, jusqu'à ce que le dit Wyatt me fasse sortir de ma torpeur en lançant avec une étincelle mauvaise dans le regard :

- Voulez-vous que je raccompagne cet humain à votre place ? Je prendrai grand soin de lui, c'est promis princesse !

Je ne crois pas un mot de ce qu'il avance là et me rapproche automatiquement d'Alexis. Je regarde le traqueur dans les yeux avec défi et lui réponds avec un petit sourire en coin.

-Essaye seulement d'approcher de lui, et je te renvoie à ton cher maître dans un état tel qu'il ne pourra plus te reconnaître !

Je n'aurais jamais cru que ce Wyatt aurait relevé le défi que je venais de lui lancer, au grand jamais ! Je m'étais bien trompée ! Je suis allée droit dans le mur et sous le choc d'un tel comportement, je n'ai pas le temps de réagir que je ne sentais déjà plus la main de mon ami dans la mienne. Je me retourne brusquement pour découvrir que le traqueur retient Alexis contre lui, l'empêchant de bouger, en tenant fermement ses bras. Je peux voir au regard du blond qu'il n'a vraiment pas compris ce qui vient de lui arriver et ne sait comment réagir.

De peur que le vampire s'en prenne à mon ami, je ne prends pas le temps de réfléchir aux conséquences au vu des circonstances actuelles; Je sors les crocs, grognant méchamment contre Wyatt. Mon ordre rugit avec une grande netteté et tant d'autorité, que j'en suis surprise moi-même !

- Lâche-le !

Á une vitesse propre à ma race sans même qu'Alexis puisse me suivre du regard, je passe derrière le vampire et enroule mon bras droit autour de son cou le tirant en arrière de façon à l'obliger à lâcher l'humain. S'il ne fait pas ce que je désire, alors je pourrais bien lui arracher la tête !

Mon frère m'a certes appris beaucoup de choses et des rudiments de différents types de combats mais en raison de ses principes, Bryan pense que la place d'une femme est auprès de son mari et dans son logis, il n'a donc jamais tenu à approfondir ma technique de combat , et même si naturellement je suis douée au corps à corps comme tout vampire, question de réflexe, j'avoue que je ne suis pas du tout à la hauteur de mon adversaire pour le coup !

Ainsi le traqueur ténébreux qui a sans nul doute un nombre conséquent de combats derrière lui arrive sans grande peine à se dégager de mon emprise et tout en riant il s'écarte de moi levant les mains en signe de reddition.

-Bien, bien... Je prends note Princesse que vous n'appréciez guère partager vos jouets !

Ce n'est pas le lieu, ni le moment en pleine journée, de faire durer cet échange périlleux. Je prends sur moi de ne pas répondre, surtout après cet affront de sa part où il a osé se jouer de moi. Rentrant vite mes crocs de peur que quelqu'un me surprenne ainsi, je le regarde de haut revenant l'air de rien au plus près d'Alexis qui s'emble totalement tétanisé et ne dit mot !

-Et moi je ferai part à ton Prince de ton comportement, car sache que si je peux pardonner ton petit jeu pour cette fois, je n'oublie jamais rien. Dis à ton maître que je viendrais à la tombée de la nuit ce soir, et seule, comme il le demande si lui-même concède à se trouver seul en ma présence. J'imagine qu'il n'a besoin de personne à son âge tout de même !!!

Je prends la main d'Alexis et poursuis mon chemin, passant devant le vampire et je ne fais plus attention à sa présence, histoire de bien lui faire comprendre qu'il ne représente rien de plus à mes yeux qu'un vulgaire domestique ! Je sens quelques instants après sans me retourner qu'il a disparu, parti surement rejoindre son maître.

Je suis restée trop concentrée et inquiète durant cet échange, pour me rendre compte que nous n'étions pas seuls dans le coin et qu'un troisième vampire nous observait, dissimulé sur le toit d'un immeuble proche. Je n'ai pas senti sa trace, mais le vent venait de changer de direction, et alors son parfum m'est apparu très clairement : la vampire blonde regardait ce qui se déroulait sans réagir en étant bien dissimulée… Je ne souhaite pas qu'elle sache que je l'ai repérée, donc je m'efforce de faire comme si de rien n'était, tout en sentant sur moi son regard.

I Sang-Pur

Chapitre 4

WYATT

Un sourire au coin des lèvres, je la regarde s'éloigner, puis tel un fantôme je me fonds dans l'ombre des bâtiments qui englobent la ruelle et disparais en glissant avec fluidité, loin de ce lieu où j'ai encore sur les lèvres ce goût si particulier d'adrénaline lié au combat.

Traqueur que je suis, je me déplace en silence et avec une telle rapidité quelques instants plus tard mes pieds escaladent déjà les marches du perron de la villa que j'ai choisi avec soin pour le Prince.

Je traverse les différentes salles de la demeure jusqu'à trouver celle où mon maître attend mon retour. Je suis encore empli de ce j'ai pu ressentir du caractère de la princesse de Jade, comme j'aime à la nommer. La princesse de Jade, je trouve que ce nom sonne très bien, je me prends à sourire en repensant à ses paroles. Elle s'est trahie elle-même, en montrant au combien elle est instable, ses réactions sont trop vives et irréfléchies, elle a agi d'instinct et dévoilé son point faible : son humanité.

Le son de mes pas résonne sur la pierre du sol, alors que cette salle décorée comme une salle de trône au temps des rois, toutefois en plus moderne avec cette sorte d'énergie magique particulière à ce style d'architecture, laquelle m'enivre par tous les sens de mon être !

Mickaël, le prince, mon maître et ami, j'aime à le croire, est en pleine discussion avec un petit vampire trop pâle et frêle, pour que nous puissions penser qu'il survivra longtemps, la soif de sang le détruira sans doutes mais qu'importe, des comme lui, simples sujets irréfléchis de vampires créés pour obéir aux ordres, sans avoir la capacité d'en avoir une opinion, la cour en produit tous les jours selon le gré de ses désirs.

Mains dans le dos, droit comme un soldat au garde à vous, j'attends patiemment que le prince ait fini de donner ses ordres au petit valet. Je prépare mon discours avec rapidité en attendant que cette entrevue soit terminée, je retourne dans ma tête les événements en présence de la princesse et m'amuse d'avance du sort de cet humain s'il occupe une trop grande place dans le cœur de la princesse, ou plutôt s'il devient un obstacle aux projets de Mickaël.

Tandis que je suis plongé dans mes pensées en affichant un petit sourire, je sens son regard sur moi. Relevant les yeux, je croise son regard si particulier lequel met obligatoirement n'importe qui mal à l'aise, car celui-ci est indéchiffrable, même pour moi qui le sers depuis un certain temps désormais. Ses deux yeux sont tels un mur opaque, protégeant leur propriétaire.

-T'aurait-elle rendu muet Wyatt ?

Sa voix me fait sortir de mes réflexions et mon léger sourire s'agrandit, tandis que je m'avance de quelques pas vers le majestueux vampire. Il n'y a dans la pièce plus que lui et moi, le valet s'étant retiré.

Ne sentant pas l'intrusion dans ma tête du prince, j'en déduis qu'il préfère que je lui raconte tout simplement, et cela m'avantage car comme la princesse Jade l'a elle-même dit, je ne pense pas que Mickaël aurait apprécié d'apprendre que je lui ai manqué de respect. D'une voix sans émotion je lui raconte en détails la rencontre mais en omettant évidement la petite partie sur laquelle j'ai défié la princesse et le jeu de mains qui s'en est suivis.

-La jeune princesse semble prendre facilement en affection les humains... Quand je l'ai vue, elle était en présence d'un « ami » à elle, je présume, son comportement envers cette poche de sang était protecteur, mais cela peut être pardonné je pense car Mademoiselle Thornton connaît les devoirs liés à son rang, et elle a accepté de venir ce soir, seule, vous rencontrer votre altesse, en ce lieu.

Ne jamais savoir ce qui passe par la tête de Mickaël est ma plus grande frustration dans cette vie depuis que je le connais. En ce moment, j'ai tout juste le droit d'admirer cette statue de glace en face de moi dans l'espoir de la voir réagir sous le coup de mes révélations pour une fois, car au grand jamais le prince ne fait quelque chose sans y avoir mûrement réfléchi et j'imagine, envisagé toutes les possibilités de réactions possibles. Je peux toujours rêver de le voir exprimer ses sentiments; c'est seulement quand il se prend à parler de sa princesse que je peux arriver à lui soutirer quelques réactions presque humaine.

Il me regarde de haut en bas et, durant un instant, je crois deviner qu'il sait que j'ai omis certains points de mon entretien avec la princesse Jade, mais finalement il sourit juste et se lève brusquement tout en m'adressant la parole, avec un sourire en coin énigmatique, impossible à déchiffrer.

- Allons, Wyatt, réagi ! Une Princesse arrive dans cette modeste demeure, tout de même ! Nous devons nous préparer!

Sur ce-il tape dans ses mains deux fois rapidement et une dizaine de vampire sortis de nulle part apparaissent dans la grande salle, et se mettent à s'affairer dans un ballet plein de grâce, transformant la pièce en un lieu encore plus sublime.

ERIN

J'ai tout vu, toute la scène entre la princesse et le traqueur du prince de l'Ouest. Je n'ai jamais eu confiance en la parole de ce vampire, les traqueurs sont des ambitieux malins comme des renards, ils cherchent toujours le moyen le plus simple de gagner des échelons, c'est d'ailleurs pour cela que ce simple chasseur ou traqueur a désormais presque autant d'influence que son maître. Ce Wyatt Sherman comme il s'appelle est un vampire dangereux.

Je ne peux penser que la Princesse est assez naïve pour aller seule dans un repère de vampire de la noblesse de l'Ouest, le territoire ennemi au nôtre et ceci malgré la trêve créée par cette promesse d'union à la naissance de la princesse avec le Prince Mickaël, lequel rêve de posséder tous les Etats-Unis, et même peut être de mettre au pouvoir leur seule suprématie sur la terre entière. Pourtant, la Princesse Jade a donné sa parole et une vampire de sang royal aussi pure, jeune et innocente qu'elle, ne saurait trahir sa parole, j'en suis certaine !

Je me suis promise de ne jamais me mêler des affaires de la noblesse et de toutes leur politique depuis que mon père, mon créateur, ce beau vampire noble m'a mordu et transformé il y a alors 456 ans et a été tué peu après, alors que je n'avais que 2 ans dans mon état de vampire.

A cette époque je vivais sur la côte Ouest, les nuits d'été là-bas étaient très agréables mais mon créateur a été mis à mort pour avoir osé donner son avis au Prince de l'Ouest sur sa façon de traiter la noblesse Est Américaine en l'abaissant comme une variante inférieure aux vampires de son territoire. Il avait osé critiquer les agissements de la couronne, et alors le traqueur de cette époque lui avait donné la mort véritable... Par la suite, pour venger mon créateur j'ai moi-même assassiné ce traqueur, puis pour survivre j'ai dû fuir à l'Est, là où aucun vampire du territoire du Prince Mickaël n'oserait venir me chercher ! J'ai alors demandé asile au prince et à la princesse de cet autre territoire et depuis 454 ans je suis une véritable vampire de l'est Américain !

Par la loyauté à la couronne que j'ai choisie, celle des Thornton je ne peux laisser la Princesse foncer tout droit dans la tanière des loups.

Je suis devant le bâtiment où la trace de Jade m'a conduit. La nuit est tombée depuis un petit moment mais la ville est très éclairée et donc pour ne pas me faire remarquer je dois rester cachée à l'ombre d'un camion situé un peu plus loin dans la rue.

L'appartement a l'air encore vide, sans doute que la princesse n'est pas encore arrivée. Je ne bouge pas de ma planque et me place de façon à ce que le vent n'apporte pas mon odeur à la Sang-pur quand elle arrivera par la ruelle juste en face de moi.

Je n'ai pas à attendre longtemps pour la voir apparaître en compagnie de l'humain par l'endroit prédit. Alexis, cet humain a été l'un des garçons qui a eu la chance de passer dans mon lit et ce petit veinard semble maintenant porter les faveurs de la princesse elle-même ce qui me fait bien rire intérieurement.

Silencieuse et aussi imperceptible qu'un spectre, j'assiste de nouveau à une scène intéressante, cette fois entre la princesse et l'humain, alors qu'ils sont devant la maison d'Alexis. Un petit sourire aux lèvres, j'écoute attentivement l'échange jusqu'à qu'il prenne fin.

J'ai une idée fixe en tête, et pour cela il me faut encore un peu attendre, car je dois trouver le Prince Thornton, le frère de Jade et grand héritier de la couronne de l'Est. Je n'ai aucune idée de l'endroit ou du moyen de le retrouver à part cette demeure qui sent son odeur que je capte de l'autre côté de la rue et il faut avouer que ce n'est pas compliqué, les sang-pure pour les "transformées" comme moi, sentent fort étrangement… Un parfum délicieusement enivrant que je décrirais comme boisé, assez sec et surtout sauvage… j'en ai l'eau à la bouche, l'envie de le voir se fait sentir, jusque dans le bas de mon ventre… Il faut absolument que je me calme, c'est juste l'effet que font les Sang-purs.

Je vais attendre le départ de la princesse et le retour de son frère. Pour l'instant, je me laisse divaguer grâce à mon odorat de vampire… J'apprécie les arômes de l'odeur corporelle du Prince de l'Est. Je l'ai aperçu une fois peu de temps avant l'assassinat du puissant ancien couple de prince et princesse de ce territoire, les parents Thornton. Il n'était qu'un jeune adolescent, et alors déjà l'expression si sérieuse sur son visage enfantin, ainsi que ce parfum, m'avaient frappée et marquée comme un fer chauffé à rouge.

Je me rappelle cette image du jeune prince comme si c'était hier : cheveux en broussaille, tel un sauvageon, avec des yeux d'une couleur argentée si limpide qu'on aurait cru voir de l'argent fondu, et une étincelle au fond d'eux plus brillante que le cristal lui-même, il m'avait alors paru si sage et âgé malgré son apparence…

A force de repenser à ce jeune adolescent, mon envie augmente de voir ce qu'il est devenu maintenant. Portant mon regard au dernier étage du bâtiment je me trouve dans un état d'impatience tangible, mais il ne me faut pas céder, et rester ici jusqu'à que la voie soit libre. Sourire en coin et yeux pétillants je fixe la fenêtre éclairée, de ce qui semble être la chambre de la princesse.

JADE

J'entraîne un peu de force Alexis jusqu'à la rue où lui et moi habitons, la fin de trajet est très silencieuse et je tiens à faire en sorte que ce mauvais moment qui s'est déroulé sous les yeux de mon ami ne cause aucun dommage à notre relation naissante, alors je prends la décision d'user d'un pouvoir que tout vampire est censé posséder : l'hypnose.

Arrivé sur le perron de sa maison, je m'arrête et lâche sa main pour venir poser légèrement ma main sur son épaule alors que je viens planter mon regard dans le sien aussi bleu que l'océan tout entier. Je prends une voix douce et rassurante avec un sourire très amical.

- Alexis, je sais que ce que tu as vu a pu te chambouler, mais je ne veux pas que ce petit accident prenne de l'importance. Je tiens à toi, tu es un gentil garçon, alors j'aimerais que tu oublies les choses étranges que tu as vu tout à l'heure.

Je fais une pause le temps que l'information aille bien jusqu'à son cerveau, il a comme une petite réaction de recul et son visage se durcit un moment, avant de se détendre doucement, tandis que je reprends la parole manipulant son esprit juste de façon à changer la version de l'altercation sans tout effacer, car je ne voulais pas abîmer son cerveau, c'est mauvais de trop toucher à l'esprit des humains, certains peuvent devenir fous au bout d'un certain temps !

- Écoute-moi bien, et souviens-toi seulement de ce que je vais te dire, d'accord ?
- Oui...
- Nous avons croisé une personne, un homme qui me connaissait, il nous a parlé calmement puis à un moment il est venu vers toi pour... plaisanter entre garçons avant de s'éloigner. Rien de particulier ne s'est passé, nous étions juste entre personnes normales qui se croisent dans la rue, et échangent avec courtoisie.

J'avais fait en sorte qu'il garde une image globale dans sa tête afin d'illustrer mes paroles, et au fur et à mesure que je l'hypnotisai, j'effaçais les visions surnaturelles, ainsi que la peur et le choc qu'il avait éprouvé. Je relâche mon emprise sur son esprit progressivement, puis je lui souris encore en accentuant le côté rassurant, celle de la parfaite tête de la copine sympathique qui habite en face.

- Donc oui comme tu disais je vais rentrer chez moi, et on se voit demain en cours !
- heu... oui ! Bonne soirée et à demain Jade ! Je crois bien que je vais aller me coucher tôt, je suis mort de fatigue !

Il n'a pas l'air de se rappeler de ce qu'il avait vu, mais juste ce dont je souhaite qu'il se souvienne donc une chose complètement banale et c'est parfait ainsi, même si je m'en veux un peu de lui avoir fait ça. Je ne peux pas laisser un humain être au courant de l'existence des vampires, c'est impossible notre société est secrète.

- Quelle journée ! Bonne soirée Alexis…
Sur ce, il se penche vers moi pour poser ses lèvres sur ma joue, en une pure et simple bise. Je le regarde quand il franchit le seuil de sa petite maison typique des bons citoyens américains aisés. Une fois la porte fermée, je peux soupirer et tourner le dos à la demeure afin de traverser le petit jardin puis la rue et rentrer dans ma nouvelle demeure.
Une fois arrivée à l'appartement, à mon grand étonnement mon frère n'était point présent, sûrement parti vadrouiller ou rendre visite à des connaissances. Il faut bien que parfois, en tant que prince héritier de l'Est, il donne ses ordres à la noblesse vampirique de notre territoire. L'absence de Bryan m'arrangea, ainsi je n'ai pas à essayer de lui mentir pour sortir afin qu'il ne se doute de rien et que j'aille à la rencontre de ce futur mari, que je me dois par principe d'épouser pour faire plaisir à tout le monde. Je sais que le comportement que j'avais était encore celui d'une enfant, mais après tout on ne se marie pas à tout juste dix-sept ans à notre époque !
Mon frère m'a éduquée afin d'accomplir mon rôle en tant que princesse, tout en gardant mon existence secrète, laissant croire que j'étais morte ou disparue, pour me protéger dit-il. Je sais qu'il

fait cela afin d'épargner à sa petite sœur un mariage forcé, mon frère a tenu à ce que je garde la possibilité de choisir le vampire qui me plairait.

Remuer le couteau dans la plaie ne sert à rien ! Premièrement je n'ai pas la même vision des relations entre les hommes et les femme que Bryan qui est un peu « vieille école », et secondement je suis une princesse, ma vie influe sur les autres, mes choix peuvent très bien aider notre peuple ou semer le chaos.

Ce mariage est prévu depuis ma naissance afin d'unir les deux territoires américains et réunir les clans de vampire de ce continent sous une unique famille de Sang-pur. Mes parents ont signé ce traité alors que la civilisation vampirique était en péril, la guerre était à nos portes d'après ce que j'ai compris et ainsi ils ont évité que l'ouest détruise les vampires plus pacifistes de notre territoire. J'imagine que mes parents ont dû se dire que ce serait un honneur pour moi d'être promise à un vampire si puissant que le prince Mickaël...

- Rha ! Rien que d'y penser j'ai envie de vomir ! Il est temps que j'aille voir ce fameux vampire et qu'il comprenne que je ne lui appartiens pas !

Grenat

I Sang-Pur

Chapitre 5

MICKAËL

Elle ne va pas tarder, je le sens. Ma belle princesse, mon âme sœur, sans l'ombre d'un doute, va d'un instant à l'autre passer la grande porte en chêne massif. Elle s'avancera dans cette salle du trône dans ma direction, elle viendra vers moi, son promis. Après l'annonce que mon traqueur m'a faite sur la venue de Jade, j'ai ordonné que la salle principale soit optimisée sous son meilleur jour. Je veux que la salle soit la plus belle possible, dans cet état d'esprit plutôt sombre, éclairé à la bougie, qui rend cette pièce encore plus majestueuse.

Durant toute une heure entière, je me suis moi-même mis sur mon trente et un. Suite à une bonne douche, je me suis coiffé pour elle, j'ai revêtu un costard classique noir, avec à la place de la chemise habituelle un t-shirt du même gris que mon œil droit, avec une petite encolure en V. De toute manière, un vampire de mon rang n'avait pas grand-chose à faire pour faire chavirer le cœur des femmes. Les vampires de Sang-pur sont toujours très beaux, nous sommes l'élite de notre race après tout, et nous possédons un charme inouï, magique… Je pense à cela tout en souriant sans aucune prétention ni modestie.

Je me trouve désormais assis dans mon fauteuil d'acajou, aux feuilles d'or et au cuir de grande qualité. J'attends la venue de ma belle, la dernière fois que je l'ai vue, elle n'était qu'une petite fille. L'image de la femme rebelle, que j'ai trouvée dans la tête de mon serviteur, Wyatt, était une vision subjective. En conclusion, je ne sais pas vraiment à qui je peux m'attendre. Les minutes défilent, je m'efforce de garder confiance en moi et de croire en la parole de la princesse. D'après Wyatt: elle a promis de venir ce soir. La nuit était tombée depuis plus de deux heures, en ce début d'automne les nuits commencent à se faire fraîches. Nous autres ne craignons pas le froid mais nous le ressentons tout de même. Cette nuit, le climat était plutôt doux, dû à la légère brise dehors. Je me perds dans mes pensées à essayer d'imaginer la princesse ; comment arrivera-t-elle ? Sera-t-elle véritablement seule afin que je puisse avoir une première entrevue telle que je la souhaite, sans interférences ? A quoi ressemblera-t-elle ? Portera-t-elle une robe ? Tant de questions avec tant de possibilités et de réponses possibles !

Bientôt une heure que je suis ainsi figé, dans cet état de réflexion. Que peut-elle bien faire à la fin ?! Ma patience est mise à rude épreuve. Wyatt est debout dans l'ombre de la première colonne, je sens son regard sur moi, et sans même avoir besoin de pénétrer dans son esprit, je peux sentir son état d'esprit, et ce que je perçois me déplait fortement, il doute de sa venue ! Je tourne ma tête dans sa direction et le regardant de haut alors que je ne discerne que sa silhouette, je lui adresse froidement la parole.

-Elle va venir, une Princesse sait se faire désirer ! Ta présence m'irrite Wyatt, sors de cette pièce, va t'aérer un peu, ça ne te fera pas de mal.

Je lie le geste à la parole, en faisant un signe paresseux de la main pour lui faire comprendre que je ne veux plus le voir pour l'instant. Je me désintéresse déjà de lui, bien qu'il n'ait pas l'air bien heureux de se faire chasser de la sorte. Il développe un peu trop son agacement en lâchant un léger grognement, que j'entends tout de même. Sa réaction m'agace et a l'effet de me faire me lever brusquement.

Mon traqueur est en train de tourner les pieds pour s'en retourner hors de cette pièce, je me retrouve près de lui en moins de temps qu'il n'en faut pour lâcher un souffle. Ma main va directement à sa gorge que je saisis fermement, le soulevant de façon à ce que seule la pointe de ses pieds effleure le sol. Mon regard planté dans le sien, crocs sortis, un grognement, un véritable rugissement de rage, bien plus puissant et fort que le sien s'échappe de ma gorge.

-Obéis sans désapprouver quoi que ce soit ou tu risques de te retrouver sans crocs la prochaine fois ! Tu sais pertinemment Wyatt que je n'accepte aucune sorte d'insubordination !

C'est à ce moment précis, au moment même où je suis en train de me défouler en ramenant à l'ordre mon traqueur, que la porte se décide à s'ouvrir. Un parfum orgasmique emplit l'air. Tel un raz de marée, les sentiments se succédèrent en moi. Elle vient d'entrer dans la salle, et je m'arrête alors dans mon activité, immobile, tétanisé, avec l'impression d'un cœur pourtant inexistant me transperçant la poitrine. J'étais trop remonté contre mon traqueur pour l'entendre arriver, alors que normalement j'aurais dû me rendre compte de sa présence dans la demeure... Je ne veux pas que Wyatt assiste plus longtemps à ma réaction en présence de mon âme sœur. Je le repose au sol, le pousse légèrement sur le côté, et lui lance un regard dépourvu d'émotion. D'une voix de nouveau normale, je me tourne vers le trône et, en regardant ce siège emblématique, je souffle à Wyatt ces quelques mots :

-Que personne ne me dérange.

Tête baissée et le regard sur ses pieds, comme il en convient pour montrer sa soumission, il hocha la tête. Après une brève révérence, il part vers l'autre côté de la pièce. Je le regarde passer à côté de la Princesse et lui adresser sans même s'arrêter, une petite salutation entre ses dents serrées, c'est vraiment le minimum de politesse...

La porte se referme derrière Wyatt. Je me permets

enfin un léger soupir avant de poser mon regard sur la jeune femme figée à une dizaine de mètres de moi. Je suis toujours à la même place, n'ayant pas bougé, me trouvant donc à l'ombre de la première colonne en partant de ce côté de la salle du trône.

Elle est la parfaite incarnation de l'image que je me suis faite d'elle adulte, alors qu'elle n'était guère plus qu'une toute petite fille assise sur une balançoire, accrochée à cette branche, à la limite des sous-bois de l'île où elle était née dans la demeure familiale des Thornton :

C'était une belle journée de printemps, je m'étais déplacé jusqu'aux Iles Vinalhaven dans le Maine, Etat totalement à l'opposé de l'Amérique comparé à San Francisco, la ville où j'ai élu domicile depuis plusieurs siècles. Je voulais voir comment ma petite princesse se portait... Je m'en souviens encore comme si c'était hier... La princesse, suspendue au-dessus du sol sur sa balançoire, observait l'étendue d'eau en face d'elle. L'arbre était un Pin blanc, une variété de pin typique de l'est de l'Amérique du nord, les cordes de la bascule étaient enroulées et fermement attachées à la première branche suffisamment épaisse. Mon regard était perdu dans la contemplation de la petite fille qui du haut de ses six années reflétait déjà toute la noblesse de son héritage familial. Cette vision était splendide, digne d'une carte postale, jusqu'à ce que brusquement la branche se brise.

Toute la magie paisible de ce moment fut détruite. Je vis ma jeune âme sœur tomber au sol, bientôt suivie de la grosse branche de pin qui craquait et s'écraserait sans aucun doute sur elle. Je réagis sans perdre plus de temps, et me précipita à la rescousse de la fillette. Je plongeai sur elle et l'attrapai juste avant que la branche ne tombe avec brutalité à l'endroit où elle se trouvait un quart de seconde auparavant que je ne la prenne dans mes bras. Je ne pouvais imaginer ce qui lui serait arrivé si je n'avais pas été là pour la sauver, certes une vampire de sang n'en serait peut-être pas morte mais tout de même les dommages auraient été graves.

Ce n'était qu'une fillette à ce moment-là mais le regard qu'elle porta sur moi à ce moment semblait bien plus mature que sa silhouette pouvait le laisser croire. La jeune fille n'avait pas plus réagi que cela, juste un simple sourire qui à sa façon, je le devinais, voulait dire merci, mais elle m analysait en même temps. Je me serais alors perdu dans ses yeux d'argent, mais le temps en avait décidé autrement, j'entendais de l'agitation dans l'air, le reste de la famille et la garde royale ne devraient tarder. J'ai déposé la princesse avec délicatesse puis après une légère révérence j'ai disparu dans les sous-bois de l'ile, et m'en suis retourné dans mon territoire, chez moi.

Ceci c'était déroulé juste un mois avant la mort des parents Thornton, les grands Prince et Princesse de l'Est. Aujourd'hui, alors que je la contemple, je peux voir se poser sur moi le même regard de la petite fille que je tenais dans mes bras, mais 10 ans après, c'est une femme qui me fait face. Je sors de l'ombre afin de me trouver dans la pleine lumière des flammes des torches. La Princesse me regarde de haut en bas tandis qu'un petit sourire en coin se dessine sur mes lèvres. Avec douceur ma voix s'élève dans la salle.

-Bonsoir Jade… Je suis infiniment heureux de te revoir enfin, Princesse.

ERIN

Je suis à mon poste depuis plus de deux heures... et il y a une heure que la princesse Jade s'en est allée. Je commence vraiment à m'impatienter, quand il arrive enfin.

Si je n'avais pas un nez si fin, je n'aurais perçu qu'un homme ressemblant à n'importe quel autre. Pas spécialement grand, il doit à peu près faire un mètre quatre-vingt, grand, mais pas géant pour un garçon. Faisant moi-même exactement un mètre soixante-treize, j'apprécie les hommes de la même taille que le prince.

Il vient de tourner au croisement de la rue, il marche sur le trottoir d'en face. D'un air faussement humain, il se rapproche de plus en plus de l'entrée du bâtiment où il vit avec la princesse, rétrécissant par la même occasion la distance entre lui et moi. Je me redresse un peu. Je suis appuyée contre une camionnette, à l'abri de la lumière du lampadaire le plus proche, dissimulée dans l'ombre.

Il s'arrête brusquement et tourne son visage dans ma direction. Mon corps se tend alors que tous les muscles de mon être se crispent sous ce regard d'argent. Il m'a repérée, je ne sais comment, le vent porte mon odeur dans l'autre sens, et je n'ai fait aucun bruit, en plus du fait d'être assez bien camouflée ! Je sens presque ma poitrine se tordre d'angoisse sous la vision que m'offre le prince : un portrait sans émotions et froid. Je ne peux détacher mon regard, je plonge dans les profondeurs de l'homme face à moi. Je sais ce que j'y cherche. Je m'enfonce dans l'abysse de ses yeux d'argent jusqu'à y retrouver l'enfant qu'il a dû être un jour…

J'imagine qu'il ne voit aucun danger en moi sinon je serais déjà morte. Ce n"est alors que maintenant que je réalise cela: je suis venue ici telle une fleur pour dire à un prince vampire, un sang-pur, un tueur au visage d'ange, bien plus puissant que moi, une nouvelle qui va le mettre dans une grande colère. A côté de lui, je ne suis qu'une vampire transformée, une sous-race, un cadavre que même la mort n'a pas voulu… Je n'ai aucune noblesse, à quoi ai-je pu m'attendre ? Qu'il m'accorde de la considération et m'écoute tranquillement relater les informations que j'ai en ma possession ?

Je détache enfin mon regard du sien pour l'admirer de haut en bas ; même cheveux indisciplinés qu'un enfant, un corps musclé en finesse, une peau hâlée, un visage doux sur une mâchoire plutôt carrée. Il est magnifique, comme tout vampire de naissance me direz-vous... Tout de même, il est éblouissant quand on y regarde de plus près. Un dieu grec aux yeux brillant comme de l'argent !

Je dois arrêter de me noyer dans cette contemplation. Je suis venue avec une mission, maintenant j'ai un désir qui surpasse ce premier dessein. Je sais vraiment pourquoi je suis venue, ce que je veux depuis des années. Je n'ai toujours eu qu'un seul objectif : attirer toute son attention sur ma personne et que plus rien d'autre ne compte autant que moi à ses yeux. Je ne suis pas une gentille servante de la couronne, j'aimerais penser juste au bien de ma famille royale, de ma princesse, mais la vérité c'est que je me voile la face. Je suis une vampire, un être égoïste avec une instinct de possessivité totalement surdéveloppé.

Je reste bouche-bée pendant un moment, qui me parait interminable, sans rien faire, avant de reprendre l'usage de mon cerveau. Je réussis à montrer un minimum de confiance en moi et je commence à m'avancer vers lui, sortant de l'ombre et traversant la rue jusqu'à son trottoir. Il ne rompt pas cette approche et je continue de soutenir son regard. Monsieur le prince ne daigne toujours pas montrer une autre réaction que son silence.

Je m'arrête légèrement à plus de deux mètres de lui, par mesure de sécurité, on n'est jamais trop prudent. Je ne sais pas qu'elle pourrait être sa réaction... Tout en lenteur, avec le respect que je dois à mon prince, je m'incline devant lui, restant ainsi dans ma révérence sans ciller, attendant qu'il m'autorise à me redresser. Les mots qui sortent de ses lèvres ne sont pas ceux auxquels je m'attendais.

- Je t'ai déjà vu… à une autre époque.

Je relève un peu la tête pour pouvoir observer son expression. Je suis frappée par quelque chose de totalement inconnu. Merde alors !... comment se fait-il que je perdre tous mes moyens avec ce vampire ! Ok c'est un Sang-pur mais au grand jamais la princesse ou encore le prince de l'Ouest ne m'ont fait un tel effet. Mon sang bout, j'ai soif. J'essaie de me reprendre au mieux en cachant ma sensation. Je me redresse, reprenant mon fameux masque de la bonne garce de service. Croisant les bras sous ma poitrine, je le regarde en fronçant légèrement les sourcils tandis que je m'adresse à lui avec mon comportement arrogant habituel.

- Je ne suis pas surprise que vous vous rappeliez de moi votre altesse, j'admets que je suis plutôt mémorable, enfin c'est ce que me disent les hommes que je rencontre.

Je suis folle de parler ainsi à un vampire largement plus fort que moi ! En plus du fait qu'il est mon prince et peut m'écraser sans même ciller ! Je devrais tourner plus longtemps ma langue dans ma bouche avant de parler ! J'attends de voir sa réaction, la tension monte en moi. Ai-je signé mon arrêt de mort ? C'est une possibilité. Je ne suis pas déçue de voir mes paroles accueillies par un sourire ironique. Mon attention est attirée vers un plissement au coin de ses lèvres, des lèvres follement appétissantes d'ailleurs... Ha ! Arrête donc tout de suite de penser comme ça Erin ! Je tente de me rattraper, en ajoutant précipitamment la raison principale de ma venue ce soir.

- Votre sœur, la princesse, elle est en danger !

Le visage face à moi change soudainement en se durcissant cruellement. Je n'ai pas le temps de réagir que je me retrouve vulgairement balancée sur le capot de la voiture la plus proche, avec une main enserrant ma gorge et le corps puissant du prince m'écrasant le dos dans la tôle qui imprime la forme de mon corps. Désorientée sous la force tout juste contenue de mon agresseur, j'ai les crocs sortis, je cligne des yeux pour reprendre mes idées. Tout ce que je constate, c'est que j'ai à quelques centimètres de mon visage une image d'horreur, pleine de rage, de peur et... d'amour ? J'ai la chair de poule, le Prince Thornton est terrifiant... J'avais oublié comment un sang-pur peut produire ce genre de réaction sur nous, vampires de rang moins élevé. Je n'ai jamais peur, ou du moins rarement mais là, c'est le cas, je dois réagir, réfléchir vite et sauver ma peau !

-Je ... Je ne lui ai rien fait !

L'air passe mal au travers de ma gorge et ma voix en est affaiblie. Je ne dois pas le laisser me réduire en poussière juste parce que monsieur n'est pas content et a besoin d'un défouloir ! J'essaie de bouger. Je me trémousse un peu essayant d'échapper à son emprise, mais c'est impossible, il est inébranlable. Je change donc de stratégie et ne faisant plus aucun geste, je plante mon regard dans le sien ; mon havane fixe son argent.

-Je suis venue vous prévenir qu'elle était partie rejoindre le Prince de l'Ouest, je ne pouvais pas l'en empêcher alors j'ai préféré vous le dire mon prince !

Il semble analyser mes paroles pour savoir s'il doit me croire, peser le pour et le contre, et juger s'il doit "oui ou non" m'écouter plus longuement... ou juste céder à l'angoisse qui l'a submergé, et m'arracher la tête juste pour extérioriser ce trop-plein d'émotion. Je frémis à cette idée....

- Guide moi jusqu'à elle.

Ouf ! Mes yeux s'agrandissent alors que je sens tous mes muscles se détendre à cette annonce, je lâcherais presque un soupir de soulagement. Finalement il n'est pas si démesuré. J'ai cru un moment que sa réponse à mon annonce serait plus disproportionnée: du genre où je n'aurais même pas eu le temps de dire *goodbye* aux jouissances de ce monde.

Hé bien, hé bien... On dirait que je retrouve mon sens de l'humour !

Je hoche la tête tout doucement. Il se redresse, s'écartant de moi en passant une main dans ses cheveux avant de me fixer alors que je suis encore plaquée et toute ébranlée sur le capot de cette voiture. Elle est de quelle couleur d'ailleurs cette boîte de métal ? Je n'ai même pas eu le temps d'y songer auparavant. Je hausse les sourcils en me tournant vers la voiture. La carrosserie est blanche...

Je regarde le prince alors que ses yeux sont sur moi. À ce moment, je peux y lire sans aucun problème une résolution obstinée. Si quelqu'un peut rentrer dans un nid de vampires ennemis pour aller y récupérer une princesse désobéissante, je parie sur cet homme !

- Conduis-moi à eux.

JADE

Je suis des yeux le traqueur qui se dirige vers la sortie de la salle. Je ne peux retenir un petit sourire amusé. Je suis ravie qu'il se soit fait réprimander, pour je ne sais quelle raison, mais surtout d'avoir été là pour assister à son humiliation. C'est le moins qu'il mérite ce rustre !

J'attends de voir se refermer la grande porte, si majestueuse, comme tout ce que j'ai pu voir dans cette demeure…

Je serre les poings pour me donner du courage, et me tourne bien face au trône. Je peux sentir sa présence, il est dissimulé dans l'ombre d'une colonne de pierre, à quelques mètres. Il n'y a pas assez de distance entre ce coin sombre et moi, entre lui et moi, c'est trop proche de moi en l'occurrence pour que je supporte que ce soit l'endroit où se tient mon fameux, soi-disant, futur mari.

Je serais peut-être plus à l'aise si je pouvais ne pas sentir tout ce pouvoir émanant de lui, cela en est monstrueux ! Quel âge a-t-il déjà ? Je n'en ai pas la moindre idée ! Je ne sais pas grand-chose, à part qu'il est vieux, très vieux, et donc très fort. Mince alors ! Je suis folle de m'être jetée de moi-même dans la gueule du loup ! Si seulement j'avais été plus sage, j'aurais pu me cacher derrière Bryan, mais même lui ne pourrait pas faire grand-chose face à un être détenant une puissance pareille.

Il est trop tard pour les regrets, maintenant il faut que j'assume mon choix.

J'inspire profondément alors que je le vois bouger à la périphérie de mon regard. Il se montre à la lumière. Je peux vraiment le voir dans tous ces détails. Notre vue est bien meilleure que celle des humains. De nuit, elle est largement supérieure, mais un peu de lumière est la bienvenue afin de voir clairement les détails, et alors plus rien ne peut échapper à notre vue perçante. Je tourne mon visage vers lui avec une lenteur insolente. Ses lèvres s'entrouvrent, une voix qui me donne des frissons sort de cette bouche si appétissante. Je me force à ne montrer aucune expression sur mon visage. Malencontreusement, la chair de poule qui s'empare de mon corps me trahit ; je m'étais attendu à un vampire digne des ragots sur ce fameux prince de l'est, mais je ne m'attendais vraiment pas à… ça !

Je dois dire quelque chose, je ne peux pas rester muette en le regardant seulement ! Il doit lire à travers moi comme si j'étais un livre ouvert. Il faut que je me reprenne et contrôle mes réactions. Je suis venue là dans l'intention de montrer à ce vampire que je n'appartiens à personne d'autre que moi, que la princesse que je suis ne craint pas de faire face à un autre Sang-pur.

Malheureusement, je me sens actuellement incapable de faire ce pour quoi je suis venue, vêtue de cette pathétique robe de soie rouge qui moule mes formes en les dévoilant avec provocation. Cette tenue me met trop en valeur comparée à ce que j'ai l'habitude de porter. J'ai voulu faire impression en portant aussi des talons, montrer que je ne suis pas une petite fille dont il peut disposer comme bon lui semble. Quelle enfant stupide je suis encore...

Je crois que c'est complètement raté, tout ce qu'il doit voir devant lui c'est une femme vulnérable, rien d'impressionnant ! Je suis certaine d'avoir foutu en l'air la première impression que je voulais donner...

Je dois même carrément envoyer un message contraire à mes intentions, du genre : "Je suis une petite chose fragile, totalement perdue, je ne sais plus qui je suis, aide moi", ou pire « Femme en manque qui a besoin d'être rassurée ».

Génial.

J'aurais dû réfléchir plus longtemps au lieu de me précipiter.

Maintenant, me voilà déstabilisée, doutant de moi ! Il y a trop de pensées qui tournent dans ma tête !

Quand j'entends de nouveau sa voix, je réalise que je suis toujours en train de le regarder, à moitié perdue dans mes pensées. Je cligne plusieurs fois fortement des yeux, puis je relève brusquement la tête et tente de le regarder de haut avec ce qui me reste de fierté. Je n'ai jamais rien fait de plus dur dans ma vie jusque-là, devoir tenir tête à un vampire qui m'effraie, alors que cela ne m'est jamais arrivé auparavant, c'est vraiment une épreuve difficile ! De plus, si ce n'était que cela ; je me sens irrésistiblement attirée.

Son pouvoir de séduction est encore plus atrocement stupéfiant que sa simple puissance, que je peux ressentir psychiquement et deviner physiquement. J'ai l'impression que je vais suffoquer d'une seconde à l'autre sous cette atmosphère trop pleine d'énergie. Il pourrait m'écraser. Je me demande à quoi doit ressembler une démonstration de force de la part de ce prince... Cela doit être insupportable. Il n'émet aucun mouvement, seules ses lèvres bougent, il s'adresse à moi calmement. Il ne s'approche pas de moi pour l'instant, sans doute pour ne pas risquer que je prenne ses gestes pour une agression, j'imagine.

- Princesse, petite princesse, tu n'as rien à craindre de moi, je ne te veux aucun mal, au contraire je veux te protéger... Te souviens-tu quand je t'ai sauvée alors que tu étais une petite fille ?

Sa voix, son parfum, sa bouche, son corps, tout est trop parfait, il est trop parfait ! Son regard croise le mien, je n'ose plus regarder ailleurs. Comment ai-je pu ne pas remarquer ce regard plutôt ? Un œil vert et l'autre gris, ils sont captivants, effrayants, et pourtant ce regard produit un réconfort soudain sur mon corps, ce traître de corps se détend ! J'ai le mauvais sentiment que mon être reconnaît cet homme comme n'étant nullement une menace, non pas grâce à ses paroles mais sous l'effet de ce regard, et je perds mes défenses...

Je ne me rends même pas compte que je hoche la tête, imperceptiblement mais suffisamment pour que le prince s'en rende compte. Je le vois sourire d'une manière tendre... tendre ? J'ouvre la bouche pour parler, je me ravise et fronce les sourcils, contrariée. Mon cerveau ne fonctionne pas correctement en présence de cette personne d'après ce que je réalise, ce qui est terriblement frustrant. Je croise les bras sous ma poitrine, je me sens un peu trop dévoilée; j'aurais dû mettre un de mes jeans et un sweet, au moins je me serais sentie mieux dans ma peau, plus à l'aise dans mes vêtements habituels.

Bien évidemment que je me souviens de ce jour-là ! Quand j'étais petite, durant une longue période après cet événement, j'ai parlé à toutes les personnes que j'ai croisées en disant qu'un prince ténébreux m'avait sauvée... J'aurais pu mourir, mais au moment où la petite fille que j'étais paniquait, il venait de me sauver. J'étais dans ses bras, je n'avais pas peur, j'étais heureuse et rien de mal n'aurait pu m'arriver.

Malencontreusement, il a brisé mon rêve de

petite fille. Je ne savais pas que mon prince charmant, mon sauveur, était en vérité ce vampire à qui j'étais promise, ce monstre de Prince de l'Ouest.

-Alors comme ça, je suis censée me lier avec un "quasi-inconnu" et passer le reste de ma vie à être la gentille petite femme modèle, c'est ce que vous vous dites, n'est-ce pas ?

Je suis folle ?! À peine ces mots sont-ils sortis de ma bouche que je m'en mords les lèvres ! Il peut m'arracher la vie telle celle d'un vulgaire insecte. Je fixe le sol en attente de sa réaction. Je suis rentrée de façon "plutôt directe" dans le vif du sujet. J'imagine facilement que certaines personnes me regarderaient d'une façon horrifiées en voyant la gamine, que je suis, parler avec tant d'insubordination à ce prince, ce vampire si puissant comparé à moi. Que voulez-vous? Pour l'instant, je ne m'avoue pas vendue, il n'est pas mon prince, pour l'instant. Je ne me rabaisse devant personne, je suis La Princesse de l'Est ! Je ne crains personne, même pas ce Prince trop sûr de lui... Je dois résister.

Je relève la tête, décidée à ne pas laisser mes hormones affolées prendre le dessus. Il faut que j'exploite les quelques bouts de cerveau qu'il me reste. Je décroise les bras de ma poitrine pour poser fermement mes mains sur ma taille et, me tenant droite, je le fixe d'un regard qui se veut imposant. Seulement, je percute un regard éblouissant, transperçant et je peux aisément y discerner du désagrément, provenant sans doute de mes paroles, lié à une étincelle de curiosité et de défi par ce petit combat d'œillades intransigeantes.

- Si je brise le pacte, alors l'Ouest reprendra la guerre contre mon territoire... et j'imagine que je ne ressortirai pas d'ici vivante. Ce sera toi qui m'arracheras la vie, à part si tu ne veux pas te salir les mains, et alors je tuerai quiconque se trouvera sur mon chemin. Il n'y a qu'un autre sang-pur qui puisse réellement être plus fort que moi. Pourrais-tu me dire que j'ai tort ?

Je parle d'une voix calme et si affirmée que je m'étonne moi-même. Je sais pertinemment que c'est la vampire noble en moi qui s'exprime, et non la jeune adolescente rêveuse. Depuis le début de mon adolescence, c'est comme si deux parties de ma de ma personne se battaient en permanence, pour prendre le dessus. Je crains parfois de perdre totalement mon humanité enfantine face à la femme assoiffée de sang. Dès que je me retrouve dans des circonstances faisant appel à mes instincts, alors mon côté vampire ressort et montre les crocs. Il faut admettre que cela m'est bien utile ce soir. Mentalement, je serais même capable d'interpréter une petite danse de joie souhaitant la bienvenue à la vampire de sang-pur puissante qui vit en moi. Je me sens de plus en plus en possession de mes moyens face à cet homme. J'ai à l'esprit que je ne me laisserai pas faire facilement, et l'idée que je ne suis qu'un insecte face à lui est désormais reléguée au second plan!

Je ne le quitte pas des yeux, alors qu'il s'avance vers moi le visage froid et inexpressif. Son regard sur moi, ce regard ne disparaît pas, se transforme, gardant la même expression qu'avant, sauf que désormais je peux ajouter à la liste ... du désir, oui, du désir et un brin de culpabilité… Pourquoi ai-je l'impression de lire ses émotions si facilement à travers ses envoutants yeux vairons? Ce vampire a-t-il un regard si facilement déchiffrable, en permanence et pour tout le monde ? Ou n'y aurait-il que moi qui déchiffrerai ses émotions ?

Chapitre 6

BRYAN

- Il y a vraiment beaucoup de vampires dans le coin.

Je me retiens de soupirer d'agacement alors que je commente mon analyse de la situation. La petite bimbo blonde ne m'a pas seulement montré le chemin jusqu'ici, elle continue de rester auprès de moi alors que nous nous trouvons tout près de repaire ennemi. Dissimulés à l'ombre d'un bosquet, nous sommes arrivés par l'arrière de la maison, du côté de la forêt, afin d'avoir le temps de penser à un plan d'action.

Cette demeure est vraiment bien gardée et heureusement que la brise joue en notre faveur sinon notre présence aurait déjà été remarquée. Je me doutais bien qu'il ne serait pas facile pour moi de pénétrer en ce lieu, mais tout de même je ne pensais pas qu'un vampire tel que lui, ce cher prince de l'Ouest, aurait une garde aussi imposante, après tout je ne vois pas ce qu'il peut craindre. Mickaël Wilkerson est le vampire le plus puissant de tout le continent américain et, si jamais il prenait possession de notre territoire, de mon territoire, alors ce monstre deviendrait le vampire le plus important sur terre, reléguant les autres Princes et Princesses à un statut inférieur.

Je ne peux pas permettre qu'il prenne le pouvoir absolu, jamais, certainement pas ce monstre qui a sans doute fait assassiner mes parents !

C'est lui qui a privé Jade de nos parents alors qu'elle était si jeune, c'est de sa faute si je n'ai pas pu vivre heureux, je n'aurais jamais le droit de vivre librement comme un jeune prince aimé. De par la faute de ce vampire, j'ai dû trop vite, trop tôt, fermer cette boîte et me montrer fort pour eux tous, pour Jade. Il n'y a que lui qui ait pu faire une chose aussi horrible, si monstrueuse qu'à part un démon personne n'aurait jamais osé réaliser. J'en suis persuadé depuis le jour où j'ai détruit les traces de cette mort en y laissant croire que la jeune princesse de l'Est y avait laissé la vie elle aussi, mon trésor, ma sœur, la dernière Sang-pur venue au monde.

Je suis soudainement tiré de mes songes par un coup de coude en plein sur ma côte, ce qui me surprit tant que ma réaction précipitée de défense cause du bruit facilement perceptible à l'oreille d'un vampire. Alors que je suis à cheval sur la vampirette en la maintenant plaquée au sol d'une main sur sa gorge, je perçois que nous avons été découverts par ma faute quand trois jeunes vampires armés arrivent tout d'un coup sur nous. Je relève précipitamment mon visage vers eux alors que je concentre mon énergie sur ma force psychique afin de les stopper dans leurs mouvements. L'effet est immédiat, les trois vampires s'arrêtent à un quelques mètres de nous et ne font aucun bruit, ils ne bougent plus. Comme des marionnettes aux yeux vides de sens, ils fixent l'obscurité de la forêt dans une parfaite immobilité.

Je ferme les yeux un instant puis tout en gardant mon emprise sur l'esprit de ces vampires je relâche la gorge de la jeune femme mais je reste là comme ça au-dessus d'elle et quant à la blonde, elle ne semble pas réagir mais je sens son regard qui passe des vampires figés à moi puis de nouveau aux trois vampires. Je rouvre les yeux et croise son regard, elle semble en plein questionnement intérieur mais je ne suis pas doué pour deviner à quoi pense les autres, je ne comprends même pas mes propres émotions alors savoir ce qui se passe dans la tête d'un autre sans utiliser mes pouvoirs psychiques cela m'est impossible.

- Je te demande pardon, tu m'as surpris tout à l'heure alors j'ai réagi impulsivement. Nous devons agir maintenant sinon d'autres vampires vont se rendre compte que nous sommes là… Et quand je me sers de mes dons psychiques je perds rapidement de l'énergie.

Je me relève sans la regarder, je n'aime pas dévoiler mes faiblesses mais si je me fatigue trop vite alors je vais la mettre en danger. Elle ne représente rien à mes yeux, ce n'est qu'un vampire de plus même si je devine à son odeur qu'elle a été mordue et que donc elle doit certainement avoir une histoire intéressante mais pour l'instant elle n'est qu'une étrangère qui veux m'aider alors je me dois au moins d'essayer de faire en sorte qu'elle survive à cette soirée car un Prince doit protéger ses serviteurs

Je me saisis du pieu qui était attaché à ma ceinture, puis une fois que la vampire s'est relevée je lui montre du doigt une fenêtre à l'étage. Sachant que je me ferais sans doute repérer avant d'y arriver, je décide de lui expliquer mon plan et surtout le rôle qu'elle a à jouer. Je la regarde un moment, puis les commissures de mes lèvres se relèvent très légèrement comme dans un sourire alors qu'elle me souhaite bonne chance.

Ainsi, je me retrouve à compter jusqu'à trente avant de me lancer. Je me concentre sur les trois vampires pour leur faire oublier qu'ils m'ont vu et les faire aller à l'entrée en appelant le plus de renfort là-bas car un individu suspect y a été repéré. Une fois que la majeure partie des gardes a suivi l'information donné et a déserté l'arrière de la maison je me redresse et me servant de tous mes sens ainsi que de mon facultés psychiques j'inspecte de ma cachette l'intérieur de la maison près de cette porte fenêtre. Un seul vampire, dans la pièce même où donne l'entrée que j'ai choisie.

Je n'arrive pas trop à savoir le potentiel de force de ce vampire, c'est comme si ma vue mentale était brouillée.

Un simple mais efficace pieu à la main je sors des bosquets et traverse à une vitesse surhumaine le terrain découvert qui me sépare de la bâtisse, c'est un gracieux jardin à l'anglaise. On dirait que la diversion de mon acolyte féminine a rendu les gardes inattentifs à d'autres sources potentiels de danger. A part deux petits jeunes dont j'ai facilement modifié les pensées, aucun garde ne semble m'avoir remarqué. Finalement cette garde parait être présente surtout pour faire une forte impression chez les personnes extérieures mais ne pourrait très certainement pas réellement servir à quelque chose contre une menace pour le Prince Mickaël…

Je suis enfin à l'intérieur de la pièce, les lumières sont éteintes et la pièce est plongée dans la pénombre de la nuit mais je décèle tout suite la position de l'ennemi. Je le fixe tout en refermant discrètement la porte-fenêtre derrière moi. Il me scrute aussi à l'autre bout de cette chambre qui ne porte ce nom qu'à cause de la présence d'un lit en son milieu, ainsi que d'une commode dans un angle et, à l'autre angle, d'un bureau très soft, sinon la pièce est vide. Je suis en position de combat, mais j'ai encore largement suffisamment d'énergie pour l'attaquer spirituellement et de cette façon l'écarter de mon chemin. Alors que je m'apprête à pénétrer son esprit, j'ai l'impression de plonger dans le néant, je fronce les sourcils ne comprenant pas pourquoi j'échoue pour la première fois dans cette approche.

C'est alors que je perçois un sourire vicieux et diabolique se dessiner sur les lèvres de mon adversaire, même sans les paroles qui suivent je devine qui est ce vampire. Le traqueur du Prince, je reconnais maintenant son odeur que j'ai déjà sentie auparavant près de nos différents lieux de vie. C'est lui qui m'oblige à faire déplacer Jade et à la faire changer de résidence régulièrement car il nous retrouve toujours au bout d'un moment. C'est un rapace qui en plus d'être un traqueur doué, est reconnu pour être le meilleur exécuteur des États-Unis qui peut donc résister à mes pouvoirs psychiques.

- Mon don ne s'arrête pas à un simple sixième sens comme le pense la plupart des gens, ce don me permet aussi d'être insensible psychiquement. J'ai, si je le désire, un esprit indéchiffrable pour vous autres Sang-pur, donc vous ne pouvez pas me contrôler ainsi ou même lire mes pensées. Etrange n'est-ce pas ? Je ne sais comment mais je suis comme cela... Je sens qu'on va bien s'amuser tous les deux, fais ta prière petit prince.

Il ricane et s'adresse à moi d'une manière inédite pour moi, il est insolent et ose faire comme si c'était moi le gamin ! Les transformés sont vraiment étonnants comme types de vampire mais, malgré tout, je lui reste supérieur et il ne doit pas oublier sa place. Pour le coup, il a éveillé ma flamme guerrière. Je vais le détruire à mains nues, le briser de façon à ce qu'il comprenne qu'il n'est rien d'autre qu'une rature face à moi.

- Trêve de bavardage.

Je laisse tomber mon arme au sol et, sortant les crocs, je fonce tout droit sur mon adversaire. Il s'élance lui aussi vers moi et alors nous nous percutons de plein fouet et je dois avouer que j'aurais pensé qu'il serait moins fort. Je me suis leurré car, tout de même, c'est un vampire bien plus âgé que moi. Je me retrouve projeté au sol et lui de même, nous pouvons entendre le parquet craquer sous la force de chacun de nos impacts. Je ne perds pas de temps et me redresse tout de suite pour lancer une deuxième attaque. Je lui saute dessus, mon poing dressé est prêt à lui écraser la cervelle, mais il évite le coup et ma main brise le sol y faisant un énorme trou. Je vois son pied fondre sur moi avant qu'il ne me touche et je me redresse pour me remettre debout tout en l'esquivant.

Nous nous retrouvons nez à nez et s'ensuit une série de coups et d'attaques de l'un et de l'autre, un combat sans merci entre deux véritables bêtes sauvages. Il semble qu'il n'y ait aucune échappatoire car nous sommes de rapidité égale… Sa technique est supérieure à la mienne, ainsi, même si je suis plus fort que lui, il arrive le plus souvent à éviter mes coups. Nous voilà tout deux à ce moment du combat dans un même état de fatigue et de blessure. Nous rendons chacun coup pour coup, je suis certain que si on pouvait compter j'aurais le même nombre de balafres que ce traqueur, que ce soit ecchymose, écorchure, entaille ou morsure. Cela fait juste un peu plus de deux minutes que nous nous battons mais, à la vitesse où ça va, on dirait que cela fait des jours et des jours. À ce moment-là, je prends néanmoins l'avantage sur lui car je cicatrise plus vite que lui étant un Sang-Pur.

Je le repousse brutalement en arrière alors que nous étions en pleine accolade de coups. Je me saisis de ce qui est à portée de main, c'est-à-dire la chaise du bureau. Au moment même où le traqueur s'apprête de nouveau à m'attaquer, j'écrase de toute ma force la chaise directement sur sa tête. L'instant avant qu'il s'écroule au sol, à moitié conscient, je peux voir sur son visage un grand étonnement.

Je ne perds pas de temps et je l'enjambe pour quitter la pièce. Je dois retrouver ma sœur, alors je n'ai pas de temps à perdre avec ce vampire. Quelques vampires arrivent brusquement sur moi. Ne connaissant pas cette demeure, je ne suis pas à mon avantage mais je me précipite sur les gardes et leur brise la nuque avant qu'ils puissent essayer de m'arrêter. Je me déplace à une vitesse vampirique à travers les couloirs à la recherche de l'endroit où se trouve Jade. Cette bâtisse est à la pointe de la technologie niveau insonorisation, mais il me suffit de quelques instants pour capter le parfum de ma petite sœur et trouver sa trace. Elle est là derrière cette massive porte de bois.

MICHAËL

Je m'avance vers elle doucement, la façon dont elle m'attire est un supplice délicieux. J'aimerais tant me laisser aller et me jeter aux pieds de cette fille, que dis-je, de cette femme. Je la supplierais d'accepter mon amour. J'ai tant envie de lui dire ce que j'ai sur le cœur, de lui dire que je l'attend depuis si longtemps, de lui dire que je serais incapable de lui faire consciemment du mal et que si elle ne veut pas de moi alors je préfère aller dès maintenant m'arracher le cœur et le lui donner, plutôt que de passer encore une seconde loin d'elle.

Malheureusement, il me faut garder à l'esprit que cette femme que je désire du fond de mon âme est d'abord la princesse du territoire ennemi. Elle est censée m'appartenir de par le pacte que j'ai fait avec ses parents, mais ce n'est pas elle qui a choisi de me donner sa main.

Ma future femme est jeune, surtout pour une vampire, de plus je ne sais ce qui se passe dans sa tête… J'imagine qu'elle luttera de toutes ses forces pour garder son statut de femme libre. Choisir avec qui s'unir pour l'éternité est important. Encore plus chez les êtres de notre race où le mot éternité prend tout son sens.

Tout comme « Elle », auparavant, je suis convaincu que, bien qu'elle soit une princesse censée tenir son rôle en assumant ses responsabilités, aux tréfonds de son être règne une âme qui refusera toujours de se soumettre. Et cette âme est celle qui est unie à la mienne. Ma belle Princesse est loin d'être une soumise, cela fait partie de son charme. C'est sans doute une des raisons pour laquelle je suis tombé fou amoureux d' « Elle » il y a déjà longtemps…

Pour autant, je vois bien que malgré des points communs évidents entre cette jeune fille et mon amour perdu, elles restent deux personnes différentes. Jade lui ressemble mais elle est loin d'être un simple double d'« Elle ».

La jeune femme que j'ai devant les yeux est mon âme sœur. Nous sommes faits pour être ensemble, nous sommes tous deux attirés l'un vers l'autre tels des aimants. Oui, je le ressens au fond de mon cœur. Tout mon être le ressent et je sais aussi par mes pouvoirs que pour elle c'est exactement la même chose, même si elle renie ses émotions… Actuellement, cette jeune princesse doit vivre beaucoup d'émotion fortes, ce qui doit être un véritable choc, c'est pour cela que je ne peux pas lui dire tout ce que j'ai sur le cœur…

pas encore, pas ce soir. Je risque de lui faire peur. Si c'est moi qui lui annonce que notre destin est écrit d'avance alors elle se braquera et j'aurais anéanti toutes mes chances d'être à nouveau heureux.

Il faut que ce soit Jade qui veuille vivre auprès de moi, et elle le fera si elle réalise l'amour qu'elle me porte... J'en suis certain. Je dois lui laisser trouver sa voix. Je sais que le chemin qu'elle empruntera la mènera jusqu'à moi car c'est notre destinée.

Je souris à ces douces pensées, et alors que je ne lâche toujours pas son regard ardent je m'arrête à un pas d'elle et penche un peu la tête sur le côté tout en la contemplant. Il y a tant de chose à dire et pourtant tout ce que je peux lui dire maintenant se résume en une simple phrase.

-Tu as tort, il me semble t'avoir déjà dit que tu n'as rien à craindre de moi… essayes de me croire petite Jade et sois patiente avec moi, je t'en prie.

La porte principale s'ouvre brusquement sur mes derniers mots pour laisser place à la seule personne que j'aurais pu penser capable d'oser venir jusqu'ici pour la récupérer. Le Prince de l'Est, le grand frère de l'élue de mon cœur, Bryan Thornton vient d'entrer dans la pièce. Je détourne le regard des sublimes yeux argent de ma princesse, dans lesquels je pourrais me perdre, pour affronter l'intrus qui me fusille avec ses iris de la même couleur que les yeux de celle que j'aime tant…

Nous nous foudroyons du regard durant des secondes, voire peut-être même des minutes avant de briser le silence. Je plisse les yeux et relève un peu la tête avant de m'adresser à ce morveux de prince de l'Est, sans cesser de soutenir son regard qui est actuellement en véritable fusion de rage si je puis dire...

- Bryan Thornton si je ne me trompe pas ? Mais comment se tromper vu que vous ressemblez comme deux gouttes d'eau à ma future reine ici présente !

Je ne peux réprimer un léger sourire en coin, quand je vois la réaction du frère de Jade. Très vite j'assiste aux efforts intenses que celui-ci effectue pour se retenir de me sauter à la gorge, en serrant ses poings et avec la mâchoire qui se crispe, ce qui me donne envie de rire. Je suis largement supérieur à ce jeune vampire de Sang-pur. Je le regarde avec mépris en secouant la tête avant de me tourner de nouveau face au seul être important à mes yeux. Face à elle, mon attitude n'est pas la même, je ne peux que la considérer comme une déesse. Des siècles et des siècles que j'avais perdu espoir mais depuis qu'elle est venue au monde j'ai de nouveau une véritable raison de vivre.

Voilà, que je me trouve encore à la contempler en me perdant dans mes songes. Je lève la main vers le visage de Jade qui se tient à un bras de moi. Je désire tant caresser sa joue, juste la toucher, et enfin m'obliger à me rassurer de son existence à portée de main. Je peux d'ores et déjà sentir la chaleur de sa peau. Encore deux, trois centimètres et enfin j'atteindrais cette personne si précieuse à mes yeux.

Malencontreusement, je suis appréhendé avant de réaliser mon désir. Tout ce temps à errer seul dans le noir, maintenant que je vois la lumière, je veux la saisir et la garder tout contre moi. Sans même lâcher le regard de la princesse, j'envoie voler son frère à l'autre bout de la pièce alors qu'il retient ma main. Un simple mouvement du bras et le prince de l'est du territoire Américain se retrouve projeté au coin comme l'enfant qu'il est.

Le visage de la jeune femme devant moi n'a pas changé. Je ne vois aucune réaction, et c'est ainsi que je ne sens pas venir la gifle qui me frappe de plein fouet. J'écarquille les yeux. J'ai du mal à réaliser tant j'ai pu être surpris. Je pose ma main sur ma joue, la caressant, on dirait que j'avais oublié qu'une bonne claque de femme peut faire aussi mal, surtout avec la puissance d'une vampire de son rang. Je regarde dans le vide tout en reprenant mes esprits. Je souris avec arrogance quand je me redresse pour faire face à ma petite princesse.

-Enervée ?

-Extrêmement.

A son expression, je veux bien la croire sur

parole. C'est une femme furieuse que j'ai maintenant sous les yeux. Pourtant dans cette rage, je ressens presque autant de passion que de colère... Le fils Thornton interrompt encore une fois un moment électrique. La tension si présente il y a quelques instants disparait subitement, pour laisser place à un froid glacial. Entre ma bien-aimée et moi-même se trouve son frère de nouveau. Une véritable armoire à glace est dressée devant mon nez.

- J'ai conscience que le pacte promet une union entre ma sœur et vous, mais cela ne fera pas de vous un roi. Je reste le premier héritier de la couronne sur notre territoire. Ainsi, même après une union entre la princesse et vous, je resterai le Prince de l'Est et vous, Wilkerson, celui de l'Ouest. Le pacte promet juste la main de la première princesse de sang contre l'arrêt de la guerre contre l'Est. Nos territoires seront ainsi alliés... Mais toujours distincts.

Je l'écoute faire son monologue. Je croise les bras sur mon torse et inspire théâtralement en plissant les yeux. Je regarde de haut le brun alors qu'il continue à s'étendre sur le sujet.

- J'étais présent le jour où vous êtes venue en territoire ennemi demander une audience auprès de mes parents. J'ai assisté dans l'ombre quand vous vous êtes mis à genoux devant ma mère alors que vous étiez totalement seul et désarmé. Tant de risque pour demander la main de ma sœur qui venait tout juste de naitre. Le chaos dans lequel notre société vampirique plongeait a alors pris fin et la guerre a cessé. A cette époque vous étiez à deux doigts de saisir le plein pouvoir sur notre territoire... vous avez promis de laisser tomber votre projet d'asservir l'Est à l'Ouest contre la promesse qu'à sa majorité la première fille Thornton vous serait offerte...

Il commence à être ennuyant. Je lève la main en signe de stop pour qu'il cesse de s'éterniser. Les présentations entre mon âme sœur et moi-même ne se passent pas vraiment comme je l'avais prévu. Ce sale gosse de fils Thornton est limite stupide. Tout ce qu'il dit je le sais déjà. Il ignore le pourquoi du comment, et pourtant il ose me faire la morale. Je passe une main dans mes cheveux en broussaille en prenant la parole pour mettre fin à son effusion de phrases.

-Je n'ai pas oublié. Thornton vous n'étiez qu'un gamin incrédule. Vos parents avaient compris, et c'est dans cette unique circonstance, qu'ils ont accepté de laisser leur enfant adorée à leur pire ennemi... Jade est plus qu'une princesse à mes yeux, elle est ma reine. Tu ne peux pas comprendre. Ta sœur, quant à elle ne pourra faire autrement que de réaliser le sens de mes paroles.

Je regarde la vampire en question par-dessus l'épaule du Prince. Mon regard planté dans le sien, je sens mon cœur se serrer dans ma poitrine. Elle ressent notre lien, même si elle ne le comprend pas encore. Nous sommes des âmes sœurs, tout comme l'étaient les anciens prince et princesse de l'Est, les parents Thornton. A l'époque, ils ont tout de suite compris. Ce jour où je suis venu supplier de me permettre à moi, un monstre, de prendre soin de l'enfant nouveau-né de la famille royale de l'Est, contre qui je menais la guerre.

Les parents de la princesse Jade ont accepté ma demande, avec ma promesse de laisser leur peuple en paix. Ils avaient toutes les raisons de refuser ma demande et de m'empêcher de mettre la main sur leur fille. Ils savaient déjà qu'il suffirait que je la touche pour que son âme me reconnaisse comme étant le seul et unique à qui elle appartient. J'ai été appelé vers elle dès sa venue au monde. J'ai senti au fond de moi, que mon âme sœur que j'ai tant aimée, s'était réincarnée. La naissance de cette enfant était un événement trop gros pour que je ne me doute pas qu'il s'agissait d'elle.

La princesse doit accepter l'attirance qu'elle ressent pour moi…. Etre des âmes sœurs est une malédiction : malheureusement, si le destin est forcé, son âme peut se briser. Je dois laisser les choses se faire à leur rythme. La magie du lien qui unit deux âmes de cette manière est très ancienne et puissante. L'amour est au cœur de la solution, ou du problème selon le point de vue. Le principe des âmes sœurs n'est pas compliqué, enfin si mais épargnons les détails :

Deux personnes se trouvent, elles sont irrésistiblement attirées l'une vers l'autre. Elles s'aiment d'un amour bien plus fort que tout ce qui peut être décrit. Elles deviennent inséparables, elles sont en fusion, elles ne font plus qu'un et au sommet de la magie de leur lien elles peuvent communiquer par la pensée. Leur amour est bien plus puissant que n'importe quel autre car ils se trouvent être des âmes sœurs. Si deux âmes sœurs se sont trouvées mais ne s'unissent pas, alors les deux meurent. C'est la mort véritable, les deux âmes ne peuvent plus se réincarner.

A partir du moment où deux âmes sœurs se touchent physiquement, elles ont une certaine limite de temps pour s'unir. Cela ne fonctionne qu'à partir du moment où les deux personnes concernées sont des adultes. Ainsi, la malédiction ne prend cour qu'à partir de l'âge de 17ans… Personne n'a jamais pu expliquer pourquoi ni comment cela fonctionne réellement. A travers les siècles et même les millénaires, petit à petit, cette légende vivante a été écrite et transmise aux générations futures. J'allais oublier le plus important : Ce lien magique est connu que sur des sujets non-humains. Il est donc peut commun de croiser un couple d'âmes sœurs, vu que les communautés d'êtres surnaturels sont peu importantes de nos jours.

J'ai attendu que ma princesse soit suffisamment grande et forte pour supporter le poids d'une telle information. Depuis sa naissance j'ai juste repoussé les obstacles entre nous afin que son chemin soit lisse et droit dans ma direction. Je souris doucement avec une tendresse triste, puis je secoue la tête et m'écarte d'eux. Je me dirige vers le fauteuil imposant faisant office de trône. Une fois assis, je souris en coin et montre la porte de la main.

- Je pense que cela suffit pour la soirée, assez d'émotions. Thornton, vous devriez ramener votre jeune sœur à votre domicile. Nous nous reverrons bien assez tôt.

Je regarde sans trop y prêter d'attention son frère la prendre fermement par le bras et l'entrainer vers la porte. J'observe la princesse. Elle a la tête baissée. Je ne peux voir ses yeux mais elle a entendu beaucoup de confessions ce soir. Elle se laisse traîner par son frère. La pauvre enfant doit être un peu perdue... Juste avant de franchir la porte, le Prince de L'Est se tourne vers moi.

Avec une autorité qui me surprend, il me somme de ne plus approcher sa sœur avant ses dix-sept ans. La vie est ironique. Juste un chiffre et pourtant qui sait combien de temps il me restera après cette date. Je relève un peu la tête, et le fixe froidement avant de poser mon regard sur la jeune Princesse. Dans un peu plus d'un mois elle aura l'âge.

-Dix-sept années… Si peu et pourtant tellement. Tu sais où me trouver chère Jade.

La porte se referme dans un claquement assourdissant sur son prénom.

ERIN

Je regarde ma montre pour la énième fois. Ne pas savoir ce qui a pu se passer est vraiment angoissant. J'espère qu'il n'est rien arrivé de grave au Prince et à la Princesse Thornton. Je m'inquiète pour eux. Je suis devant l'appartement qu'ils habituent, je ne pensais pas que le « sauvetage » de la princesse Jade prendrait tout ce temps. Les bras croisés sous ma poitrine, adossée à un réverbère, j'attends nerveusement. Quelques instants plus tard, mon attente est récompensée. Au bout de la rue deux silhouettes apparaissent et avec elles leur conversation me parvient.

- Comment ça « juste la main de ma sœur » ?! M'offrir à ce type que je ne connais pas et qui est notre ennemi ne représente pour toi rien d'autre qu'un « juste » ?! Juste, juste ! Juste moi qui doit m'unir à un inconnu, qui est de plus notre ennemi territorial !

- Calme-toi. Ce n'est pas ce que je voulais dire ! Bien évidemment que c'est important à mes yeux.

- Alors pourquoi avoir utilisé ce mot ?! C'est la

foutue main de ta sœur que ce pacte promet, et je trouve cela déjà énorme ! Merde alors ! Comment oses-tu Bryan ?! Ça se voit que ce n'est pas toi qu'on a promis en mariage !

D'après ce que j'entends, Jade est entrain de piquer une crise contre son frère. C'est une façon comme une autre de faire redescendre la pression, mais tout de même, elle ne devrait pas s'en prendre à son frère. Ce n'est pas de sa faute à lui si cela surgit si soudainement. Le Prince et la jeune princesse ne sont que des victimes d'une promesse faite par leurs parents. Je souris tristement en les regardant, alors qu'ils arrivent à mon niveau.

- Je vais me coucher, déclare Jade d'un air bougon.

Jade passe devant moi sans même me regarder et rentre dans l'immeuble tandis que son frère s'arrête près de moi. Je l'entends soupirer et je l'observe, il a l'air exténué. Ce soir il a dû user de beaucoup d'énergie. Il se passe une main dans ses cheveux et regarde le ciel. Il sourit amusé alors qu'il tourne son visage vers le mien avant de lâcher un petit rire vraiment craquant.

- Je crois qu'elle est légèrement de mauvaise humeur.

Il est magnifique, j'ai l'impression d'avoir un ange devant moi, un véritable mâle mais avec quelque chose d'enfantin. Je ne peux que lui rendre son sourire. Les Sang-pur sont vraiment fascinants. On dit qu'ils sont très attirants et je ne peux le nier. Leur supériorité n'est pas une blague. Quand je pense que j'en doutais encore il y a peu, mais ce vampire et même sa sœur m'ont séduite sans même le vouloir. Je suis totalement sous le charme. Je ferais n'importe quoi pour eux, maintenant je le sais. Parmi tous les pouvoirs qu'ils possèdent, le plus puissant doit être le charisme. Tous les autres vampires sont aux pieds des Sang-purs, et désirent atrocement leur sang paradisiaque, bien évidement…

- Alors, comment as-tu fait pour attirer l'attention d'autant de gardes ?

Il me sort de ma rêverie. Je hausse les épaules et reprends mon assurance. J'affiche un petit sourire amusé et passe une main dans ma tignasse blonde.

-Ho, j'ai employé une technique connue depuis l'époque des premiers hommes… Déconcentrer quelques gardes de leur tâche n'est pas si compliqué quand on a un physique aussi charmant que le mien, dis-je tout en lui faisant un clin d'œil. J'ai fait une proposition aguichante à ces pervers.

- C'était cela ta technique de diversion ? Je n'y aurais jamais pensé… mais l'essentiel c'est que cela ait fonctionné! Attends, au final… Qu'as-tu fait ?

- Je leur ai juste fait du charme le temps que tu rentres à l'intérieur, puis après j'ai pris la poudre d'escampette. Je n'offre pas mon corps à des larbins de service ! Pour qui m'as-tu pris ?! Heu je vous prie de pardonner mon langage votre altesse ! Je me suis quelque peu laissée aller...

Je baisse les yeux, le poing sur le cœur, je m'incline tout en me taisant. Je n'entends rien pendant un moment. Je me demande ce que le prince doit penser de moi. C'est pathétique la façon familière que j'ai de lui parler, alors que je ne suis rien face à ce prince de Sang-pur. Lui aussi me parle d'une façon bien peu officielle, j'ai presque le sentiment qu'il me parle sur un pied d'égalité, mais ce ne doit être que mes fantasmes qui prennent le dessus. J'attends une quelconque réprimande, mais rien n'arrive. Je le sens qui bouge et change de place, alors je relève la tête et le regarde. Il sourit et semble penser à autre chose, tandis qu'il se laisse tomber sur un banc en bois à quelques pas de moi.

-Je n'étais qu'un enfant et pourtant j'étais déjà persuadé que mes parents avaient vendu ma sœur. Offrir son nourrisson en mariage et ensuite dire qu'on l'aime c'est vraiment n'importe quoi. Encore aujourd'hui, je ne comprends pas pourquoi mes parents ont fait une telle chose...

Le Prince Thornton se confie à moi ?! J'hallucine, c'est inimaginable. On dit pourtant que les Sang-pur sont de véritables cœurs de pierre face aux autres vampires et humains. La plupart se savent supérieurs et agissent comme si les autres vampires, ou humains au passage, n'étaient que des serviteurs insignifiants… La princesse m'a déjà étonnée en sympathisant avec Alexis. Maintenant c'est au tour du Prince de me surprendre. Le voilà qui se met à me parler de sa vie personnelle comme si de rien n'était. Une confession profonde sur son enfance. C'est un gage de confiance et de grand respect que de se voir rentrer dans l'intimité d'une personne, d'autant plus qu'il s'agit de l'héritier de la famille de vampires la plus pure du territoire.

Je me dirige vers lui et m'assois à côté de lui sur le banc. Je suis prête à écouter tout ce qu'il a besoin de dire. Mon créateur m'avait confié un jour avant de mourir qu'être un Sang-Pur ne représentait pas que des avantages comme les autres êtres jaloux le pensent. Un individu qui possède une très grande puissance et traverse les siècles sans vieillir se retrouve très souvent seul. La solitude peut être une grande souffrance pour la personne. Le prince a perdu ses parents alors qu'il n'était qu'un adolescent. Il a dû faire face à de grandes responsabilités, en plus de protéger sa sœur. Je réalise en y pensant que malgré la présence de sa sœur, il a dû souvent se sentir seul…

- Vos parents ont sans doute fait ce qui leur semblait juste, je présume.

- Oui, c'est ce que je m'efforce de me dire, mais c'est leur fille qu'ils ont promise à leur ennemi !

- Prince, je me permets de vous faire part de mon avis. J'ai rencontré vos parents, je pense pouvoir dire sans me tromper qu'ils avaient un grand cœur, ils n'auraient pas accepté ce pacte sans une bonne raison.

-Ils ont protégé leur territoire de cette façon. Certes, c'est grâce au pacte que la trêve entre l'Est et l'Ouest a vu le jour, mais tout de même c'est leur enfant, le sang de leur sang que mes parents ont offert comme présent à ce vampire. Je n'arrive pas à m'y faire… Et maintenant les propos de cet insolent Prince de l'Ouest m'ont embrouillé les idées.

Je suis trop abasourdie pour réagir comme j'aurais dû le faire face aux paroles du prince. J'aurais dû lui dire qu'il ne faut jamais montrer ses faiblesses, car c'est bel et bien ce que le fils Thornton, mon prince, fait devant moi. Moi qui ne suis qu'une transformée, une mordue, ce qu'il y a quasiment de plus bas dans l'échelle de la société vampire. Je ne mérite pas une telle confession. Je ne suis pas digne du prince et pourtant je ne peux que l'écouter avec un intérêt sincère et croissant. J'incline un peu la tête sur le côté en signe d'incompréhension et souhaitant qu'il m'en dise plus. Je me sens déjà au fond de moi comme sur un petit nuage d'avoir l'honneur que le Prince me juge digne d'une telle confession.

- Il a prétendu que j'étais un ignorant et que mes

parents avaient accepté ma demande car eux savaient pourquoi il tenait tant à avoir ma sœur... La fin de sa phrase se perd presque dans un soupir contri et frustré tout en fixant ses mains jointes et se renfermant dans son mutisme. On dirait que le temps de la confession est fini, et pourtant doucement il redresse la tête et semble se parler à lui-même. Je peux entendre l'agacement dans sa voix.

-Pour qui se prend-il ce prince de l'Ouest ?! Et ce qu'il a dit ne rime à rien ! Il m'énerve et sa puissance est tellement grande... Quelque chose m'échappe et je dois mettre le doigt dessus.

Mon magnifique prince à l'air d'être une personne du genre plutôt grognon. Je me surprends à sourire, je trouve que ce trait de caractère est mignon. En général je n'aime pas les êtres qui se plaignent, surtout les vampires du fait de leur foutu complexe de supériorité vis-à-vis des femmes. Je n'ai jamais eu tendance à être une compagne ou amante dominée. Voilà pourquoi ma relation avec les mâles de mon espèce et assez chaotique...

Je devrais être furieuse de réaliser que je ne lui trouve quasiment aucun défaut, enfin si, mais chez lui ces défauts me font sourire de tendresse.

Il redresse la tête et je peux voir la conviction dans son regard. C'est le genre de personne qu'on ne peut pas arrêter une fois qu'il a pris sa décision. Je suis sûre que si je me regardais dans une glace maintenant, je verrais sur mon visage le sourire idiot de la fille amourachée. Mon regard posé sur lui est tout ce que je peux faire de plus tendre. Je me retiens de grogner de mon comportement trop chaleureux, et qui n'est pas du tout mon habitude.

Il se lève, on dirait que plus rien n'existe autour de lui. J'imagine qu'il met déjà au point un plan d'action... Je me lève à mon tour du banc et lui adresse une petite révérence pour lui faire comprendre que je vais me retirer. Je me tourne et commence à m'éloigner mais je suis retenue. Le Prince vient de m'attraper le bras. Je tourne la tête vers lui.

- Je n'aurais pas dû te faire perdre ton temps avec nos affaires. Tu as été d'une grande aide ce soir et je réalise que je ne connais toujours pas ton prénom.

- Erin, je me nomme Erin, votre Altesse, et je suis pour toujours votre sujet dévouée.

Et tout en lui disant cela avec un sourire sincère, je me détourne de lui et pars pour de bon à travers la ville. J'ai fait ce que me dictait mon instinct. J'ai aidé le prince et la princesse de l'Ouest, j'ai fait mon devoir et maintenant je n'ai plus qu'à m'en retourner à mon quotidien ennuyant. Rien que d'y penser, mon cœur se serre douloureusement. Mon corps est un traître qui exprime un peu trop son désir. Je réalise que j'ai trop laissé ressortir mon humanité en cette fin de soirée.

I Sang-Pur

Chapitre 7

ALEXIS

J'ai mal dormi. Des cauchemars ont hanté mon sommeil et cela n'a pas été très reposant. Effectivement, je me suis réveillé quatre fois en panique et baignant dans ma sueur. Au moins pour une fois je suis présent avant la sonnerie d'entrée au lycée… étant resté éveillé depuis cinq heures du matin. Je ne me souviens même pas précisément des cauchemars qui ont autant pu me perturber. Tout ce qui me revient en mémoire maintenant c'est une voix d'homme dont on peut sentir émaner de la méchanceté, et une paire d'yeux plus profondément noirs que les abysses, ou une nuit sans étoiles.

Assis au fond de la classe, à ma place habituelle, à moitié affalé sur la table, je regarde l'enseignant: le professeur de Mathématiques, un petit pépère qui me fait penser à un nain qui s'agite avec une craie sur le tableau noir. D'après le peu que j'ai pu suivre des deux heures de cours, notre bon professeur de math conclu actuellement sur la

« loi binomiale » : $(x + a)^n = \sum_{k=0}^{n} \binom{n}{k} x^k a^{n-k}$ …

Je suis encore trop perturbé par ma nuit pour comprendre. D'ailleurs je suis plongé dans mes pensées à tel point que je n'ai échangé avec Jade, qui est pourtant assise à côté de moi, que les politesses matinales usuelles : « - Salut, ça va ? - Ha salut, je vais bien, merci, et toi ? - oui ça va » et voilà c'est fini ! Et s'en est suivi deux heures sans aucun bavardage entre nous. Génial.

Je tourne mon regard vers ma nouvelle camarade en me redressant sur ma chaise. Jade ne semble même pas me remarquer. Elle aussi doit avoir quelque chose qui lui occupe l'esprit. Je me demande bien ce que ça peut-être... Je m'apprête à lui parler quand la sonnerie retentit. Je n'ai même pas le temps de réagir que Jade est déjà debout, elle traverse la salle, alors que tout le monde range ses affaires.

-Hey ! Attends-moi !

Je fourre précipitamment mon cahier et ma vieille trousse dans mon sac, puis je traverse la pièce en bousculant les autres élèves pour passer. J'aperçois la chevelure brune de Jade s'éloigner au bout du couloir et je me mets à courir pour la rattraper tout en l'appelant.

Elle se retourne enfin et s'arrête alors que j'arrive à son niveau. Elle me regarde avec surprise en fronçant légèrement les sourcils comme si elle se demandait si elle me connaissait. Elle me sourit, même si ce sourire me parait froid. Elle me questionne du visage sans rien dire, elle a dû me prendre pour un fou à courir comme cela, et maintenant je ne sais même pas ce que je voulais lui dire. Me sentant un peu bête, je passe une main dans mes cheveux.

-Heu… Comment vas-tu ? bien ? J'ai l'impression que quelque chose te tracasse, je lâche un peu mal à l'aise. Si tu as besoin de parler, je suis là, donc ne te retiens surtout pas… Nous sommes amis, n'est-ce pas ? C'est normal d'être là l'un pour l'autre.

- Merci Alexis, je… Tu es adorable mais tout va bien, tu t'inquiètes pour rien ! Allons manger ! Je suis affamée !

- Tu es sûre ? Je te promets que tu as l'air vraiment triste, enfin pas triste, mais bizarre…

- Tu te fais des idées ! C'est juste que je dois être un peu fatiguée par mon arrivée ici.

- Mouais… Si tu le dis, mais tu as l'air totalement différente d'hier, Jade.

- Pourquoi dis-tu cela ?

- Tu fais plus âgée, plus mûre.

- Bonne blague ! Comme si depuis hier soir j'avais pris des rides !

-Mais non, pas dans ce sens, mais tu renvoies une image plus mature comme si brusquement d'atroces responsabilités pesaient sur tes épaules…dis-je avec un brin d'ironie. Surtout qu'elles ne sont pas bien massives.

Les yeux de Jade s'élargissent quelque peu, puis

elle part dans un petit rire complétement faux. Elle est mauvaise actrice. C'est pitoyable de voir à quel point elle semble à l'aise pour mentir, même si elle le fait très mal. Elle doit avoir l'habitude de ne pas dire la vérité, mais je veux être son ami, et donc je veux l'aider.

- Massives ? De quoi parles-tu ? Alexis, je te l'ai déjà dit : tu te fais des idées. Regarde moins la télé si tu veux mon avis !

-Tes épaules... enfin bref ce que je veux dire c'est que nous sommes jeunes et il ne faut pas se prendre la tête, ma belle.

-Je ne me prends pas la tête et de toute façon ça ne te regarde pas !

Un sourire de triomphe apparait soudainement sur mon visage. Je lève les mains en l'air en signe de victoire. J'avais raison ! Quelque chose tourmente ma nouvelle amie.

-Ha ! Tu vois qu'il y a quelque chose qui ne va pas ! Dis le moi Jade, je pourrais essayer de t'aider ou au moins t'écouter !

- Mais... mais merde à la fin ! Tu deviens lourd. Si je te dis qu'il n'y a rien !!!

-Tout le monde a besoin de se confier à un moment ou un autre. Je ne vais pas lâcher l'affaire aussi facilement.

- Bon, écoute moi Alexis, je vais bien, d'accord ? Ce n'est rien de plus qu'une histoire de fille...

Jade me sourit et me regarde avec une sorte de tendresse qui me parait réelle. Je plisse les sourcils soupçonneux. Elle change de tactique. Une vrai diablesse cette fille en vérité ! Je souris en coin de plaisir un instant en me disant que lui faire avouer ce qui la tourmente va être un pur défi. Nous allons jouer à qui craquera le premier, et sans me vanter je suis plutôt doué à ce petit jeu. Il suffit d'avoir un peu de patience, et de ne pas lui laisser de répit. Je soupire théâtralement en posant mes mains sur ses épaules. Je la secoue doucement avant de planter mon regard dans le sien. Je lui souris et déclare d'une voix charmeuse.

-Que dirais tu si nous faisions un échange de confession ?

-Alexis… Je ne peux rien te dire, je suis désolée.

-Un petit effort ! Je te raconte ce qui me perturbe depuis ce matin et toi tu fais de même.

Son expression s'assombrit, je sens sous mes mains tout son corps se détendre. Elle commence à lâcher pieds. Elle va bientôt fondre en larme et tout me dire, j'en suis certain…

- Je t'assure qu'il est préférable que tu ne saches rien…

- Ho que si ! Je veux qu'on soit amis, il ne faut pas de cachotterie ou de mensonge entre nous !

- Alexis… s'il te plait, arrête de te poser des questions, ce n'est rien d'important.

- Jade, dis-moi. Je dois savoir pour t'aider ! Allez dis-moi ce qui t'arrive ! Dis-le-moi !

- Allons manger, je ne veux pas en parler, je ne

peux pas... JE NE VEUX PAS.

J'ai cru voir ma persistance vaincre sa résolution, quand elle a ouvert de nouveau la bouche, j'ai cru qu'elle allait enfin me parler. J'étais prêt à l'écouter, et je l'encourageais avec une vigueur redoublée en la regardant droit dans les yeux.

Subitement quelqu'un attire jade en arrière, l'arrachant à mon emprise. Je redresse la tête pour me retrouver nez à nez avec Erin.

- Jade n'a plus le temps de parler ! Je dois te l'emprunter !

- hein ? Quoi ?

- Bye, Bye !

Je n'y comprends rien. Sous mes yeux Erin est en train de pousser Jade devant elle dans le couloir et en quelques instants, elles disparaissent dans la foule des lycéens. J'avais complètement oublié que nous n'étions pas seuls dans l'école. Je cligne plusieurs fois des yeux puis me frotte le front. Ce qui vient de se passer était vraiment très étrange... Erin, la reine du lycée qui premièrement prête attention à une nouvelle, et en plus l'entraine avec elle, je ne sais où, pour faire je ne sais quoi...C'est inaccoutumé comme comportement de la part d'Erin. Les filles sont des êtres étranges, je comprends quand on dit que nous ne venons pas de la même planète.

Je remets mon sac sur mon épaule, et je sors faire un tour près du stade de notre établissement. Je me demande ce que ma sublimissime déesse blonde peut bien vouloir à Jade. Déjà quand je les ai présentées, l'attitude de ces filles vis-à-vis l'une de l'autre m'a apparu comme anormale. Maintenant, c'est complètement aberrant cette soudaine complicité. Je cuisinerai Jade dès que je la reverrai.

A la sortie des cours, je cherche Jade comme durant le reste de la journée et encore une fois je ne la vois pas. Elle réussit à m'éviter pendant les autres heures de cours de la journée et là, au milieu de tout ce troupeau d'étudiants sortant de l'école, je n'arrive pas à la trouver. Je lâche l'affaire, il y a trop de monde. Je commence à m'avancer dans la direction de la route menant chez moi, et en l'occurrence aussi à l'appartement où vit Jade, quand quelqu'un attire mon regard.

Je ne peux m'empêcher de me tourner vers cette personne portant des lunettes de soleil. Le ciel est pourtant couvert aujourd'hui.

De là où je suis, le garçon en question me semble tellement plus âgé que moi, et pourtant il doit avoir dans les vingt-cinq ans... Entièrement vêtu de noir, il se tient immobile, adossé au mur d'une maison. Il fixe l'entrée mais subitement son visage se tourne vers moi.

Je détourne vite les yeux et m'éloigne de lui en continuant mon chemin. J'ai la chair de poule et cette impression de déjà-vu alors que je suis persuadé qu'il n'est pas du lycée. Il n'est même pas de Fulton. J'habite ici depuis ma naissance et tout le monde se connait. Ce garçon est un étranger, et il m'a mis mal à l'aise. Il est étrange.

JADE

Je me laisse entraîner par Erin et l'écoute plus ou moins, alors qu'elle me casse littéralement les oreilles. J'arrache mon poignet de son emprise et lui lance un regard glacial. Nous sommes maintenant dans un coin tranquille de la cour, à l'arrière de la bibliothèque du lycée.

- Je t'interdis de me traîner de nouveau ainsi !

Je lui grogne à moitié dessus tandis que je masse l'articulation meurtrie de mon poignet. Je croise les bras en attente d'une réponse à ce soudain enlèvement. Bien entendu, je me doute de la raison pour laquelle Erin a fait ça; j'étais sur le point de livrer notre secret à un humain.

- Je pensais que c'était moi « la blonde » entre nous deux, mais actuellement je me demande si intérieurement tu n'es pas carrément platine.

Erin me répond du tac au tac avec l'aisance même d'une reine du lycée qui se croit supérieure au reste de son petit monde.

Je pourrais vraiment m'énerver vu mon état, même si ma vie doit changer du tout au tout, il y a des choses que je dois préserver. Je lève une main en signe de résignation la secouant sous le nez de cette chieuse. Je soupire, étant d'une humeur plutôt massacrante, je lui réponds avec plus de sarcasme que je ne l'aurais voulu.

- Non, non, n'importe quoi. Mais si tu veux échanger les rôles : je suis d'accord !

- Non, merci. Je veux juste que tu réalises ce que tu as failli faire.

-J'ai failli me confier à un ami, oui, et alors ?! Cela ne te concerne pas.

Sans doute juge-t-elle mon attitude puérile, mais quand on me prend pour une idiote je me comporte comme la gamine que je suis encore souvent, et que je revendique toujours en vieillissant, même si mon apparence physique ne variera plus jamais.

- Tu délires ! Et est-ce que je dois te rappeler un peu qui tu es ?!

Je la dévisage tout en haussant un sourcil bien dessiné. Je ricane méchamment, la cruauté résonne dans mon rire, je l'entends s'échapper de mes lèvres comme s'il ne m'appartenait pas. Parfois je me fais presque peur... La part vampirique de mon être n'est pas une gentille jeune fille. Ce n'est pas une sage étudiante comme le commun des mortels dans un bon vieux lycée américain. Non, elle, c'est une belle garce d'immortelle, et elle fait partie intégrante de ma vie pour mon plus grand malheur. Tout de même, je suis bien contente d'être une vampire !

- Il ne vaut mieux pas que tu le mentionnes, sinon je vais être obligée de te corriger pour ton manque de respect, et ainsi te rappeler à qui tu t'adresses.

Froideur parfaite et attitude de pure Sang-pur. Je la snobe, tout en sachant que je vais m'en vouloir dans un instant car dans le fond elle a juste fait ce qu'il fallait. Erin m'a empêchée de tout gâcher, et de mettre Alexis en danger. Je ferme les yeux et inspire profondément pour reprendre mon calme.

- Bon, écoute, tu as bien fait, je te suis reconnaissante. Je n'allais pas lui révéler la vérité… je ne le pense pas du moins, mais qu'importe, ce ne serait qu'un grain de sable en plus dans le vase des merdes qui m'arrivent.

Elle allait commenter mais je l'interromps, cet échange me met mal à l'aise. Je ne veux pas entendre ce qu'elle a à dire. Je n'ai pas besoin de cela. Je n'ai jamais vraiment eu d'amie…

Depuis que mes parents sont morts, il n'y a eu que mon frère à mes yeux et je m'étais toujours dit que les liens du sang sont les plus forts, donc je n'avais besoin de personnes d'autres que mon super grand frère… Sauf que maintenant même Bryan ne peut plus m'aider; personne ne peut faire quoi que ce soit contre Mickaël. Cela je l'ai compris, je me suis déjà fait à cette idée. Il m'a suffi de regarder dans ses yeux si hypnotisant pour réaliser qu'il m'a déjà enchaîné à lui.

-Je ferai attention désormais, Alexis n'a pas à être mêlé à des histoires de vampires, c'est un humain innocent.

-C'est un principe avec lequel je suis bien d'accord, mais ne t'imagine pas que je suis aussi inoffensive qu'un ourson en peluche.

-Loin de moi cette idée !

-Bien. Je n'aime pas les humains. Je suis juste une parfaite comédienne, et le rôle qui me va le mieux c'est la garce…

- Ah oui ? Vraiment ? Je ne l'avais pas remarqué ! Répondis-je en ricanant.

En réponse à mon humour, comme je m'y attendais, Erin rit jaune en affichant un visage consterné. Sa remarque m'a un peu agacée, mais je n'ai rien contre cette fille et elle m'est même plutôt sympathique. je n'ai pas apprécié qu'elle me parle comme à une malade mentale, je n'ai pas la tête d'une première de la classe que j'ai toujours été d'ailleurs depuis le plus jeune âge, mais tout de même, un peu de respect. Il ne faut pas me parler comme à une personne dénuée de cerveau. Je lui souris doucement et commente avec un amusement visible.

- Je préfère que les humains restent dans leur monde et nous dans le nôtre, il y a trop de sauvagerie chez les vampires pour un garçon comme Alexis, il est gentil.

- Oui, je m'en suis rendu compte. Je veux bien admettre que nous ne sommes pas tous des lumières mais il y a un minimum vital, non ?

Elle ne prend même pas la peine de me répondre,

c'était apparemment évident à ses yeux. Erin est une des vampires les plus humaines que j'ai rencontrées, elle a beau le nier : elle est très civilisée pour l'une des nôtres. Je lui souris et la pression semble enfin redescendre entre nous.

-Bref. Princesse, je vous prie juste de bien vouloir faire attention, à tenir votre langue certes, mais surtout à vous, à toi, Jade… Toute décision à des conséquences. Ne réagis pas à la légère et prends le temps de réfléchir à ce qui t'arrive, prends un peu de recul avant de décider du sort de notre communauté.

Je ne le montre pas, mais intérieurement je suis totalement estomaquée, avec la bouche grande ouverte en forme de « o ». Je la regarde dans les yeux et prends tout mon temps pour lui répondre.

-Je vis dans un conte de fée. Tu viens de me faire une petite leçon de morale, alors que nous sommes entre deux cours en plein milieu d'un lycée rempli d'humains. Je rêve ! Comme si j'avais vraiment besoin qu'on vienne m'achever jusqu'ici, dans ce petit enclos, ce semblant de normalité et de paix.

Je pose un doigt accusateur sur le dessus de sa poitrine, entre ses seins parfaits et bien moins imposants que les miens. Je détache chaque mot tel des coups de couteaux.

-Tu n'as rien à me dire. Je t'aime bien, mais il y a des limites à ne pas dépasser. On vient de se rencontrer. Avant de me conseiller sur mes choix, tâche déjà de trouver un véritable sens à ta vie.

Elle fait bien de ne pas commenter mes paroles. Elle doit certainement passer en boucle dans sa tête le fait que je suis la sœur du prince, ce Sang-pur qu'elle regarde comme si elle allait le dévorer d'ailleurs ! Je tourne les talons et m'éloigne, loin d'elle, loin de ce lycée et de ces humains qui me donnent faim, loin de toute cette agitation qui m'oppresse.

WAYTT

Je suis immobile dans l'ombre, avec une paire de lunettes de soleil pour protéger mes yeux fragiles des rayons brûlants de l'astre. Je surveille l'entrée. Si je perds de vue la Princesse, alors la colère de Morgan risque de me tomber dessus. J'ai rarement attiré ses foudres durant mes années de service, mais je l'ai déjà vu s'énerver contre quelqu'un et je peux dire que ce n'est pas beau à voir. Le Prince de l'Ouest est loin d'être un ange, à côté de lui je suis plutôt tendre quand je m'amuse.

Je sens un regard insistant et tourne ma tête vers l'étudiant en question. Je me redresse légèrement en sortant par la même occasion de mes pensées. Je me reteins de sourire en reconnaissant l'humain qui tient compagnie à la Princesse la dernière fois. Je n'ai pas pu m'amuser bien longtemps avec lui malheureusement... Je lui réserve un moment juste entre lui et moi prochaînement ; histoire de me venger indirectement de la honte que m'ont fait subir le frère et la sœur Thornton.

Je le suis du regard jusqu'à qu'il tourne au coin de la rue. Mon attention se fixe sur les portes de l'établissement. La princesse Jade ne devrait plus tarder, il est impossible qu'elle soit sortie sans que je la voie.

Devoir suivre en permanence une gamine n'est pas ma tasse de thé. Elle a une vie similaire à celle de n'importe qui, vu qu'elle cache sa nature, c'est terriblement ennuyeux, si l'on oublie que c'est une Sang-pur et surtout une princesse orpheline qui vit cachée sous la protection de son frère. Une vraie mère poule celui-là, il se trouve toujours sur mon chemin. Un jour je lui apprendrai le respect à ce maudit petit prince de l'Est.

Je relève la tête brusquement. Son odeur, pas loin à droite, je la sens. Elle a réussi à sortir par une autre porte. Je lâche un grognement avant de me presser de traverser la route en la cherchant du regard. Je vois enfin sa silhouette et me mets à la suivre. Maintenant, elle ne m'échappera plus.

Je reste à une certaine distance afin de ne pas me faire repérer. Il n'y a presque pas de vent et beaucoup de gens par ici, elle ne devrait pas se douter de ma présence.

Je m'ennuie à mourir. Elle traverse une sorte de petit parc sur le chemin. Elle ralentit et mes instincts de traqueur s'agitent. Il n'y a personne ici, elle n'a aucune raison de s'arrêter. Je me rapproche doucement, elle finit par s'arrêter et se retourner pour me faire face. Je réalise que nous sommes isolés dans ce coin du parc, l'adrénaline monte brusquement en moi, je me demande ce qu'elle va faire. Je ne pense pas qu'elle va beaucoup apprécier de savoir qu'elle a un chaperon.

Alors que je commence à m'impatienter, elle bouge enfin, bien plus vite que ce que je n'aurais pu imaginer. Elle franchit les mètres qui nous séparent et se retrouve bien trop proche. En un instant l'ambiance change, j'ai l'impression de voir son aura s'assombrir. Je déglutis avant de lui lancer un regard sombre. Je n'ai pas à avoir peur d'une petite fille ! A peine me dis-je cela que je réalise la vérité de ces mots. Ce n'est pas la même fille que j'ai là devant moi.

Cette brune aux yeux rouges sang est une vraie princesse prête à me faire payer mon affront, alors qu'il y a encore quelques secondes ce n'était qu'une mignonne lycéenne à l'apparence fragile. Je n'aurais fait qu'une bouchée de celle d'avant mais la femme vampire qui me fixe risque de me manger, moi, si je ne fais rien.

Je recule d'un pas et encore d'un autre, elle avance d'autant que je m'éloigne. Elle plante son regard dans le mien, je ne peux plus détourner mes yeux d'elle. Elle n'a rien besoin de dire que je tombe à genoux devant elle. Je baisse la tête sous toute cette puissance qui m'écrase. Le pouvoir des Sang-pur est immense, infini. Elle relâche toute son aura sur moi et j'ai l'impression que je vais suffoquer.

-Je vous prie de m'épargner votre altesse. Pardonnez-moi mon manque de respect, je ne fais qu'obéir aux ordres de mon maitre.

Je n'ose pas relever les yeux, et la haine croit en moi de plus en plus intensément. Je ne l'appréciais pas en vampirette immature et naïve qu'elle semblait être, mais désormais c'est pire. Je ne peux supporter de me sentir si impuissant et faible ! Je ne peux rien faire face à ces êtres. Les Sang-pur ne sont pas au sommet de la hiérarchie pour rien. Cette princesse est moins monstrueuse que le prince de l'Ouest, certes, mais cela ne fait pas d'elle une fille fragile. Je déteste et idolâtre ces familles de Sang-pur pour leur éblouissante puissance.

-Haha ! C'est ça... Rampe devant moi vampire, reconnais ton infériorité et supplie pour ta misérable vie.

Le rire que j'entends sortir de sa bouche me ferait frissonner si je n'avais pas l'habitude de ce type d'intimidation. Je n'ai pas affaire à la même Princesse, c'est impossible, la différence de caractère est trop énorme. Je préférais largement la version plus humaine d'elle.

- Le prince Mickaël m'a ordonné de veiller sur vous.

-Je me moque de ce qu'a pu te dire le prince de l'Ouest. Comment as-tu pu ne serait-ce qu'imaginer que je ne remarquerais pas ta présence ?!

-Je… Je vous ai sous-estimée. Je ne le referai plus.

Je me risque à lever les yeux vers son visage, et assiste en direct à la métamorphose de son regard. Les pupilles rouge sang il y a encore peu, passent au noir pour finir dans l'argenté que je leur connais déjà. Elle regarde l'horizon et fronce les sourcils avant de s'adresser à moi sans me regarder.

-C'est une bonne résolution. Il y a une forte probabilité pour que je devienne ta princesse donc ne fais plus de faux pas.

Quand elle dit cela avec cet air limite mélancolique, je me relève d'un coup. Je suis des plus surpris, j'avais toujours cru que cette histoire de mariage serait bien plus difficile à régler. Je m'étais même persuadé que les princes et princesse de l'Est refuseraient, et qu'il y aurait une guerre. Mes rêves de sang s'effondrent, ce sera bien moins drôle si tout se passe dans le calme… Dommage.

-Alors ainsi vous avez déjà pris votre décision à ce que j'entends.

-En effet, il ne sert à rien de perdre du temps avec

quelque chose déjà réglé depuis des années.

-Mon maitre sera certainement ravi d'apprendre cette nouvelle...

-Je ne veux pas faire couler le sang des sujets de mon frère et moi-même mais ça ne veut pas dire pour autant que je me donne sans concessions à ton Prince. Maintenant si je t'attrape encore une fois en train de me suivre tu te retrouveras avec un membre en moins !

Elle me grogne dessus à la fin de sa phrase avant de s'éloigner la tête haute en me tournant le dos. Je n'en reviens pas de ce que je viens de voir. Je secoue la tête en me rendant compte que je souris bêtement. L'évidence me saute aux yeux seulement longtemps après qu'elle ait disparu de mon champ de vision. Les Sang-pur naissent vampire, mais il est bien connu que les femmes changent à l'âge adulte... Serait-il possible que la Princesse de Jade ait du mal à gérer ses pulsions ? Son comportement face à ses instincts de prédateur ? Intéressant, il faut que j'en parle à Mickaël.

Grenat

I Sang-Pur

Chapitre 8

MICKAËL

Les vampires ayant été autre fois humains ont tous été mordus à l'âge adulte. Les « transformés » ayant moins d'une vingtaine d'années ou plus d'une trentaine sont exécutés par les représentants de l'ordre vampirique. La raison de cette limite d'âge est évidente : trop jeunes, les humains n'ont pas fini de mûrir et passé un certain âge la dégénérescence peut être un problème dangereux quand on devient un vampire. Des raisons simples pour l'une des plus grandes règles de notre société, la force, la beauté, le sublime.

Il en est bien autrement pour les vampires de naissance. Là, il y a deux catégories : les nobles et les Sang-purs, comme moi ou ma petite princesse. Les vampires de la noblesse peuvent avoir des enfants mais le taux d'individus de notre communauté est bien la preuve que ce n'est pas si simple. Etant des morts, survivants grâce au sang d'autrui, nous pouvons essayer des centaines de fois de procréer mais les chances que la femelle tombe enceinte sont rares. Pour les vampires qui ne sont pas totalement de Sang-pur, une fois la fécondation effective, il n'y a généralement aucun problème, l'enfant grandit normalement en se nourrissant de sang. Bien évidemment les enfants possédant ces capacités vampiriques sont assez difficiles à gérer, ils sont à la limite des tueurs potentiels, incontrôlables, s'ils ne sont pas suffisamment encadrés.

En ce qui concerne les Sang-pur, les familles royales, la complexité de notre reproduction ne s'arrête pas à l'accouplement. Les petits Sang-purs héritent d'une santé à toute épreuve et reste en apparence humains jusqu'à l'adolescence, où la soif de sang apparait, accompagnée de transformations physiques et mentales. Les vampires de sang-pur ne peuvent pas devenir des bêtes sauvages, donc leur changement à l'état de vampire adulte ne pose pas trop de problème à ce niveau.

Malheureusement, le plus gros problème en matière de reproduction que supporte notre communauté est le manque de femelle : Le point significatif de cette phase de mutation est au niveau du caractère déviant des femelles. Certains vampires ne supportent pas d'avoir des pensées excessivement bestiales, sauvages... Les femelles ont tendance à devenir insupportables quand leur côté vampirique prend trop le dessus sur la part d'humanité, laquelle appartient à l'enfance. La folie gagne celles n'ayant pas assez de ressources pour lutter contre le mal qui s'étend en elles, ce manque de contrôle du dualisme.

Ainsi, les rares vampires adultes sont ceux qui sont les plus forts pour survivre à toutes les épreuves que notre race est obligée de subir, la sélection est sévère !

Je ne fais que penser à tout cela depuis que mon fidèle traqueur m'a dévoilé quelques faits ressentis à propos de la femme que je désire. J'y avais vaguement pensé avant de la voir mais à peine ai-je fait sa rencontre que pour moi aucune question ne se pose sur sa maitrise mentale. Les propos de Wyatt m'inquiètent, d'après lui ma princesse ne ferait que commencer sa lutte contre la partie malsaine de sa personne.

Je sais que Jade a déjà passé la crise d'adolescence sinon son frère ne l'aurait pas mise dans une école humaine, mais la personnalité vampirique de Jade est bien plus présente que l'idée que je m'en étais faite. Le mal est juste sous la surface, prêt à détruire. J'ai rêvé en imaginant que par chance ma future reine n'aurait pas les mêmes problèmes que les autres femelles vampires.

Comme si la malédiction des âmes sœurs ne suffisait pas, il faut en plus que j'aie affaire à une jeune fille luttant pour ne pas devenir dénuée de sensibilité affective.

Je mets fin à mes songes et finis de me rincer. Je ferme le robinet d'eau chaude et sors de la douche en attrapant une serviette. Je retourne dans ma chambre avec la serviette enroulée autour de mes hanches. La vie aime jouer de vilains tours. Je pensais qu'il n'y aurait pas pire que cette histoire de malédiction, mais quand tu crois qu'il n'y a plus d'autres problèmes, et bien il y en a encore ! C'est l'histoire de la vie, c'est toujours ainsi, et je devrais le savoir.

Je suis en train de finir de m'habiller, quand on toque à la porte de mes appartements privés. Il s'agit de mon traqueur. Je lui donne l'autorisation d'entrer dans la pièce. J'enfile une veste finalisant ma tenue composé d'un pantalon de costume noir assez simple, mais raffiné allant avec la veste, d'un polo gris et de chaussures italiennes noires et classiques. Je n'ai jamais aimé faire dans l'extravagant. Généralement, je porte des costumes mais mon instinct m'a dicté que j'aurais besoin d'être habillé un peu plus décontracté aujourd'hui, alors j'ai changé la chemise pour un haut plus confortable.

Je me tourne enfin vers Wyatt et suis étonné de voir qu'il semble nerveux. Ce n'est pas dans son habitude d'avoir tendance à angoisser. Quelque chose d'important doit s'être passée pour que mon traqueur se retrouve dans cet état. Je fronce les sourcils et le dévisage pour lui faire comprendre que je ne vais pas attendre plus longtemps ses explications.

- J'ai perdu la trace de la princesse, elle a disparu, comme évaporée. Elle a réussi à échapper à ma surveillance en fin d'après-midi. Je suis contrit votre altesse ! J'ai essayé de la retrouver mais j'ai échoué.

J'écoute mon traqueur me dévoiler sa lamentable défaite dans une mission aussi basique. Mon expression s'assombrit au fur et à mesure de ses paroles. Je serre les poings et me retiens de justesse de lui en mettre un en pleine figure. Je suis entouré d'incapables, il faut tout faire soi-même dans ce monde. J'éteins la lumière de la salle de bain, tandis que je fais les cents pas. Je lance un regard noir à Wyatt qui attend ma réponse, je le pointe du doigt et je m'adresse à lui avec un agacement visible.

- Notre priorité et de découvrir où elle s'est enfuie, mais une fois que ce problème sera réglé tu devras répondre de ton incapacité à accomplir mes ordres !

Je passe mes mains sur mon visage en essayant de me calmer, avant d'exploser de rage. Je ne vois pas où elle aurait pu aller ; elle vient à peine d'arriver dans cette ville, et elle est censée ne pas pouvoir échapper à un chasseur expérimenté.

-Elle a dû en avoir assez d'avoir un chaperon sur le dos et rentrer simplement chez elle en déchouant ton attention. Je ne vois pas d'autres explications…

-J'ai vérifié ; elle ne se trouve pas dans l'appartement où elle loge avec son frère.

Je grogne à l'intention de mon traqueur trouvant qu'il ne montre pas assez de panique à l'idée de ce qui a pu arriver à ma princesse. En réalité, je sens qu'il a seulement de l'appréhension à l'idée de ma réaction, et de la punition qui risque de lui tomber dessus. Il devrait être plus inquiet de son sort, je lui ferai sentir son échec avec brutalité. Je lui fais signe de me suivre et ouvre la porte de la chambre pour sortir. Je peux essayer de me servir du lien que j'ai avec Jade, en me concentrant sur cette connexion qui unit nos âmes, pour orienter nos recherches.

Je descends avec Wyatt qui me suit de près et reste dans un mutisme silencieux, ce qui est préférable. Nous arrivons en bas des escaliers et traversons le couloir quand un jeune vampire vient à notre rencontre. Il nous interpelle, je m'arrête pour lui accorder mon attention un instant. Il s'incline devant moi et me fait son rapport.

-Messire, le prince de l'Est demande à vous voir. Nous l'avons fait attendre dans la salle du trône. Souhaitez-vous lui accorder un entretien mon prince ?

- Le frère Thornton ? Que me veux-t-il encore celui-là ?!

Je ne m'attendais pas à avoir sa visite, mais, après tout, je présume que c'est le premier endroit où je serais venu chercher Jade si j'étais à sa place. J'espère le voir devenir mon beau-frère, donc je devrai faire un effort pour ne pas lui être trop antipathique. Je soupire, agacé par l'enchaînement des événements, et pars vers la salle du trône.

J'arrive dans la pièce où se trouve le jeune prince. J'indique à Wyatt de m'attendre à l'entrée tandis que je franchis les portes restées ouvertes. Je salue d'un mouvement de tête courtois Thornton qui me souhaite le bonsoir. Je m'installe sur mon fauteuil alors qu'il commence déjà à déblatérer.

-Je suis venu te voir dans l'espoir que tu saches où se trouve Jade. Ma sœur n'est pas rentrée chez nous après ses cours. J'en ai déduit qu'elle est sûrement revenue te voir. Je ne sens pas sa présence dans cette maison... L'as-tu vu ? Toi ou ton traqueur peut être ?

-Je n'ai pas la moindre idée d'où peut se trouver la princesse. C'est toi son frère, elle est encore sous ta responsabilité jusqu'à notre mariage. Que veux-tu que je te dise ? Tu devrais mieux la surveiller. Je ne peux pas t'aider Thornton.

Je lui réponds de la même façon qu'il me parle. Je le dévisage comme pour le défier de continuer à sous-entendre que je suis le responsable de cette disparition. Je sais qu'elle n'est pas en danger, sinon à travers notre lien je le sentirais.

Le fils Thornton fait un pas vers moi brusquement mais s'arrête en voyant Wyatt bouger à l'entrée de la salle, ce qui fait monter la tension ambiante. Si le prince de l'Est devient trop fougueux et irrespectueux, j'aurais tous les droits de m'amuser à le remettre à sa place de petit prince.

-N'oublie pas que c'est bel et bien de ma sœur dont nous parlons ; il s'agit d'une princesse. Si elle a quelque chose en tête, alors personne ne peut l'arrêter. Je suppose qu'elle doit avoir besoin de trouver des réponses à toutes les questions qui l'assaillent ces derniers jours… Merci à toi et nous reparlerons prochainement des arrangements concernant la main de ma sœur qui t'a déjà été promise.

Heureusement pour mes rapports avec ma future femme, son frère n'est pas complétement dénué d'intelligence. Le fils Thornton se retire assez dignement, la tête haute en fier représentant de son territoire. Il sort après un très vague signe de courtoisie à mon égard. Je le regarde me tourner le dos en m'imaginant décoller sa tête du reste de son corps… J'attends qu'on m'annonce qu'il est sorti de la propriété, et donc qu'il n'est plus apte à m'entendre, pour me lever de mon siège en souriant en coin. Je sais où se trouve mon âme sœur.

Savoir que ma future femme se sent troublée en ce moment et se pose des questions, me donne une idée, plus j'y pense et plus je suis sûr qu'elle a dû retourner à ses origines, la maison de ses parents.

-Il n'en a aucune idée mais grâce au fils Thornton, je suis certain de l'endroit où s'est enfuie ma petite princesse de Jade ! Direction l'autre bout du territoire Thornton : le Maine, et plus précisément l'ancienne maison royale de la famille Thornton à Vinalhaven Island.

ERIN

Le lendemain de cette nuit épique, au lycée, je suis allée trouver la princesse pour passer un moment avec elle. Je suis tellement curieuse du mode de vie et de la façon de penser des Sang-purs que je l'ai questionnée pendant un bon moment alors que je la présentais à toutes les personnes importantes du lycée après moi, bien entendu. J'ai sincèrement apprécié le temps passé en sa compagnie. Même si cette fille garde une certaine retenue avec moi, due certainement à son éducation, elle a accepté de me suivre avec politesse, et accepté de se laisser guider dans ce qui est mon domaine, la vie en société humaine.

Plus je passe du temps auprès d'elle et plus je la regarde en me disant qu'elle ressemble énormément à son frère.

Ainsi, à ma grande frustration je n'ai fait que penser à ce vampire Thornton toute la journée, et mis à jour tous les détails que le frère et la sœur ont en commun. Horrible journée en conclusion, cela n'a fait que rajouter un poids dans mon cœur dont j'aurais aimé me débarrasser.

Je soupire doucement, cela fait six jours depuis la mission « sauver la princesse des bras de l'ennemi » et je n'ai pas revu le fils Thornton depuis cette nuit. Je roule sur le dos alors que je suis étendue nue dans mon lit. Pensive, j'enroule une mèche blonde autour de mon index et joue avec, en me laissant une nouvelle fois sombrer dans mes songes.

Je me souviens bien du jeune garçon que j'ai vu il y a quelques années, ce prince vampire était tout ce qu'il y avait de plus heureux auprès de ses parents à cette époque et il regardait sans cesse la petite fillette qu'il suivait partout. Maintenant, quand je regarde l'homme fort et viril, au visage aux traits fins et gracieux, et ce corps svelte mais musclé et plein d'aisance naturelle, je ne peux que repenser à cet enfant. Même si à cette époque le fils Thornton semblait heureux, il n'avait montré à tous ses sujets que la froideur destinée aux serviteurs indignes de tout intérêt. Au cœur de cette nuit douce d'avril, je ressentais comme une ouverture possible pour accéder à ce cœur qui devait être de glace.

Ce Bryan Thornton est mauvais pour moi... Je secoue la tête en voulant le chasser de mes pensées. Un grognement m'échappe. Je dois me ressaisir. Je n'ai pas besoin de me faire des idées sur un vampire inaccessible pour une femelle comme moi. Je me fais du mal en m'attachant à lui.

Le fait qu'il puisse éprouver un jour ne serait-ce que de l'affection pour moi est inimaginable, alors je dois me faire une raison. Je ne dois plus me laisser aller comme ce soir. Il faut que je reste maîtresse de moi pour servir comme il se doit ma famille royale. Enfin, ce qu'il en reste.

Je ne dois pas me laisser aller et me laisser voler mon cœur par ce Sang-pur. Tous les vampires connaissent le grand pouvoir de charme de ces fameux Sang-purs. C'est mauvais si je tombe dans le panneau.

C'est décidé, je vais faire mon possible pour rester à ma place, car ce serait vraiment mauvais de tomber amoureuse… D'ailleurs, cette idée est stupide ! Je ne suis pas le type de vampirette soumise à son compagnon, jamais je ne me laisserai devenir la gentille petite femme parfaite. Aucun homme n'est digne que je m'abaisse à cela… Même si tout mon corps, mon cœur et mon âme me crient qu'il n'y aurait rien de meilleur que d'être la compagne de cet homme. Un mâle protège toujours sa compagne. Chez les vampires devenir un couple « officiel » c'est appartenir l'un à l'autre, et signer de son sang pour la vie.

-Rhaa ! Pourquoi ce satané Prince de l'Est est-il venu ici ?!

Je grogne en repoussant les draps de satin mordoré qui me recouvrent. Je me redresse dans mon lit et balaye du regard le cocon qu'est la chambre que j'ai aménagée dans cette petite maison fort sympathique. Comme la plupart des vampires, je change de lieu de vie régulièrement pour ne pas attirer l'attention des humains. C'est sûr qu'une personne ne montrant aucun signe de vieillissement au bout de plusieurs années ne passe pas vraiment inaperçue… Ma demeure à Fulton est l'une des rares dans lesquelles je me sens véritablement chez moi. J'aime cette ville et ses habitants, à ma façon.

La vieille bâtisse où je demeure actuellement se trouve être tout ce qu'il y a de plus confortable. Le cœur de la maison étant pour moi la chambre, j'ai fait de cette pièce un endroit douillet et chaleureux. La décoration de l'ensemble de la maison est de type marocain, tapissée de couleurs chaudes, avec de nombreux de canapés dans tous les recoins de chaque pièce.

J'ai beau être la parfaite bimbo prétentieuse pour devenir la fille la plus populaire du lycée, j'ai toutefois besoin d'un peu de chaleur, comme tout le monde. Je crée moi-même la chaleur dont j'ai besoin en transformant ma demeure en un moelleux intérieur parce que je n'ai pas trouvé de compagnon digne de partager ma vie pour l'éternité, et que personne encore n'a pu me faire ressentir de profonds sentiments, mis à part le prince Thornton. Mon lit a toujours été le seul endroit où je me sente en sécurité et paisible.

Je ne fais encore que penser à cet homme, et il

faut que j'arrête de me morfondre dans ma mélancolie! Un week-end entier enfermé chez soi ce n'est pas bon du tout, je vais devenir folle si je ne me bouge pas un peu les fesses ! Je me lève, et sors du lit. J'enroule le drap autour de mon corps dénudé et traverse la pièce jusqu'à un petit buffet en bois sculpté d'une manière très raffinée. La pièce est plongée dans la pénombre, éclairée seulement par la lumière jaune orangée de la guirlande en tête de lit à baldaquin. Me massant le crâne d'une main, j'ouvre l'un des placards du meuble. Je sors une bouteille et me sers un verre. Avec délice j'inspire le doux parfum du sang fruité que contient le verre avant de le porter à mes lèvres. Dans un léger gémissement de plaisir j'en bois une gorgée. Certes je préfère le sang chaud prélevé tout droit de la veine palpitante d'un humain, mais du sang reste du sang.

Nous sommes en début de soirée, et je ne fais que penser à mon prince vampire aux yeux d'argent liquide. Poussant un petit soupir par le bien que me procure cette nourriture de grand cru, je savoure la sensation du liquide coulant le long de ma gorge.

Alors que je n'en suis qu'à la moitié du verre, on frappe à ma porte. Etonnée, je reste sans réagir un instant en regardant en direction du couloir.

La maison comporte une cuisine ouverte sur le salon, celui-ci comprend en son milieu un jacuzzi spacieux à même le sol, avec baie vitrée ouvrant sur la terrasse qui elle-même donne sur la forêt. S'y ajoutent trois pièces adjacentes ; la salle de bain, une sorte de bureau et ma chambre. L'agencement particulier de ce lieu est tel que la porte d'entrée donne directement sur le salon.

Toute la maison est silencieuse. J'aurais dû sentir l'intrus arriver ou au moins l'entendre. Il a fallu qu'il arrive brusquement pour que mes sens ne le captent pas avant qu'il frappe. Ça ne peut être qu'un vampire. Je grogne en regardant la porte comme si je pouvais l'exploser. Je n'aime pas être surprise ainsi. Je suis toujours attentive, c'est une question de survie dans mon monde.

Tant pis, l'intrus n'a qu'à bien se tenir. Ce n'est pas une heure pour déranger quelqu'un quand on est poli, même si les vampires sont souvent plutôt diurnes. De plus, je ne suis pas spécialement pudique, mais tout de même je ne suis pas dans la tenue idéale pour me sentir à l'aise. Je traverse sans me presser la maison pour aller à la rencontre du malotru. Je débloque en parti le loquet et entrouvre la porte, mon verre toujours à la main, le drap enroulé d'une façon précaire sur mon corps, et ma tête affichant clairement : « ce n'est pas le moment de me faire chier » ou « pars en courant avant que je te réduise en charpie ».

-Bryan…

Impossible. Je n'en crois pas mes yeux. Le prince est là devant moi, sur le perron de ma maison en ce clair mardi matin. Les yeux comme des soucoupes et les lèvres entre ouverte tant je suis stupéfaite de voir l'homme qui me hante depuis cinq nuits, et m'empêche de dormir, je le regarde sans comprendre ce qu'il peut bien faire là.

BRYAN

-J'ai besoin de ton aide. Ma sœur a disparu!
J'inspire profondément, fermant un instant les yeux pour me calmer, et ne pas montrer la panique qui m'envahit à l'idée de perdre Jade, à l'idée de me retrouver seul. Je reprends la parole en m'agitant un peu nerveusement.
-Depuis hier matin je ne l'ai pas revu... J'ai supposé en ne la voyant pas rentrer dans la soirée qu'elle était peut être de nouveau allée voir le Prince de l'Ouest. A la nuit tombée, je suis allé vérifier, car je commençais à vraiment m'inquiéter, mais elle n'était pas en sa compagnie. Je n'ai pas senti la présence de ma petite sœur dans la demeure du Prince, par contre je l'ai vu lui... Quand je lui ai expliqué la raison de ma présence, ce monstre m'a dévisagé et renvoyé hors des murs de sa villa.
En repensant à ces faits je ne peux réprimer mon agacement. Erin semble avoir perdu la parole sur

le coup, mais elle ouvre tout de même la porte complètement. Je rentre sans avoir était invité, Erin s'écarte pour me laisser passer tout en me dévisageant. Je me mets à faire les cents pas dans la pièce, et passe une main dans mes cheveux, réfléchissant à mon problème. Du coin de l'œil je peux voir la jeune femme refermer sa porte d'entrée et se diriger vers un buffet d'où elle sort une bouteille de sang. Elle verse un peu de la liqueur rougeoyante dans un verre qu'elle m'apporte.

-Bois, ça te fera du bien, ensuite tu vas m'expliquer la situation plus en détails... Enfin, je veux dire : Je vais faire mon possible pour vous aider, je suis à votre service mon Prince.

Je la regarde en essayant de ne pas montrer mon trouble. Elle semble vraiment tenir à m'aider... J'apprécie quand elle me parle comme si nous étions des égaux, et cela me plait pour une fois de n'avoir pas été traité comme un supérieur dangereux. Je prends le verre qu'elle me tend. Même si mon expression ne traduit pas mes pensées, je la remercie d'un hochement de tête et bois une gorgée de sang. Je soupire puis la regarde en lui adressant un fin sourire avant d'entreprendre de lui faire part de mes inquiétudes.

Une fois mon récit fini, je reste silencieux attendant de savoir ce qu'elle en pense. Je finis de boire le sang que contient le verre. Je m'assoie sur le canapé derrière moi. La disparition de Jade est si soudaine, je ne sais pas comment réagir face à cet événement. Je n'arrive pas à savoir qui aurait pu l'enlever et en même temps je ne peux imaginer que ma sœur se soit sauvée sans rien me dire.

- Je ne vois pas qui d'autre que le prince Wilkerson aurait pu enlever ta sœur.

- Elle n'était pas avec lui. J'en suis certain, je l'ai senti.

- Alors tu n'as pas à t'en faire ; que quelqu'un ait pris ta sœur ou qu'elle se soit sauvée, il va la retrouver.

Je dévisage Erin le temps de comprendre de qui elle parle. Je suis fatigué par tout ce stress dû à cette disparition. Je me lève brusquement pour me retrouver face à la vampirette et me retrouve presque nez à nez avec la jeune femme ; enfin même si je ne suis pas très grand elle semble minuscule à côté de moi, sans ses hauts talons.

- Insinuerais-tu que ce monstre de prince qui souhaite épouser ma sœur soit plus apte que moi, son propre frère, à retrouver Jade ?

- Je suis désolée si je parais insolente, ce n'est pas mon souhait mais… Oui, je pense que lui et son traqueur ont l'habitude de vous chercher à travers tout le pays, donc cette fois ne fera pas exception. Je peux même t'affirmer sans doute que le prince de l'Ouest doit être sur les pas de ta petite sœur.

Autant de certitude dans sa voix, un visage reflétant une grande confiance en soi et une expression trahissant une réaction impulsive, de petites choses mais qui parviennent à m'arracher un sentiment de chaleur dans tout mon être. Cette femelle produit bien plus d'effet sur mon corps que je ne l'aurais imaginé à première vue. Je dois garder le contrôle, rester maitre de mes pulsions, comme je l'ai toujours fait. Depuis tout petit, je n'ai jamais été sensible au monde qui m'entoure, mis à part tout ce qui touche à ma sœur. Je soutiens le regard de la mignonne petite blonde qui me tient tête en silence.

J'inspire profondément, le calme règne en moi après cet excès d'adrénaline. Je me sens mieux, c'est comme si la tension devait monter pour pouvoir revenir à un niveau acceptable. Mon regard s'adoucit et je détourne la tête pour faire quelques pas afin de reprendre ma respiration, je n'ai même pas remarqué que je l'ai retenu. Je sens que la jeune femme se rapproche doucement pour venir se faufiler dans mon dos. Habituellement je ne supporte pas d'avoir quelqu'un qui reste aussi près derrière moi. Je me demande comment il se fait que je ne bouge pas cette fois. Aucune suspicion, je me sens confiant...

- Essai de ressentir les liens du sang qui t'unissent à la princesse, fixe toi sur ce pouvoir. Tu es un Sang-pur, elle est ta sœur, le même sang coule dans vos veines, un sang puissant. Tu es capable de savoir si elle est en danger ou non.

Je l'écoute attentivement, me sentant comme envoûté par sa voix. Ses mots sûrs et doux ont un effet sur moi que je n'aurais jamais pu soupçonner. J'inspire profondément, je ferme les yeux et je me concentre. Un chant venu des profondeurs de ma nature semble résonner en moi, prenant de plus en plus d'ampleur. Je le ressens ; un pouvoir immense, transmis de génération en génération, la pureté absolue.

« Coule, coule dans chaque partie de ce corps que tu animes.
Essence de vie, tu en es le symbole,
mais aussi celui de la mort.
Nous ne faisons qu'un ; de ce même sang nous sommes issus.
L'autre moitié d'une même famille,
les liens du sang nous unissent.
Prince et Princesse, frère et sœur, nous sommes semblables.
Toi, qui me fais vivre : trouve celle que j'ai perdue. »

Un état second s'empare de moi, et je me sens comme emporté loin de mon corps. Je connais le chemin mais la direction m'est inconnue. Je reste fixé sur le visage de ma sœur alors que je la sens de plus en plus près. La voilà. Jade se trouve sous mes yeux. Elle est seule, désorientée, totalement perdue et en proie à un changement qui la terrifie, mais pour l'instant elle va bien. Je n'avais pas remarqué combien elle se rapproche du point de non-retour entre l'adolescence et l'état adulte pour les femelles vampires. Bientôt, nous serons si oui ou non, elle a hérité de la force de nos parents. Si elle est forte, alors comme notre mère elle passera ce cap difficile sans y laisser son âme. J'ouvre les yeux et reprend possession de mon corps. Je me sens un peu faible. L'odeur du sang attire tout de suite mon attention, et je me retrouve avec un autre verre plein dans la main. Je bois sans réfléchir jusqu'à la dernière goutte. Je me redresse alors un peu, et réalise que j'ai atterri sur le canapé. Je tourne mon visage vers la jeune blonde. Elle est là, auprès de moi et son bras est encore enroulé autour de mes épaules. Je peux sentir encore la trace de sa main dans mes cheveux. Je ne suis pas habitué à un tel geste d'affection, ou disons que ça ne m'a jamais rien fait, mais là je me sens bien. Je suis serein près de cette petite vampire si solide. Une aide qui va me devenir indispensable, j'en suis convaincu, et je le crains.

- Elle n'est pas en danger... Wilkerson va la ramener ici.

- Bien alors maintenant réfléchis et trouve pourquoi ta sœur est partie.

Grenat

I Sang-Pur

Chapitre 9

JADE

Quand rien ne va plus, il y a toujours un endroit où nous allons nous réfugier. Je n'ai pas réfléchi, j'ai suivi mon instinct. J'ai couru pour essayer de fuir les pensées obscures qui envahissent mon être. J'ai traversé le pays pour venir tout droit ici, sans vraiment réaliser où je souhaitais aller. La réponse à toutes les questions qui me torturent ne peut se trouver ailleurs que dans la demeure où j'ai grandi, où mes parents ont vécu.

J'ai besoin de trouver ces réponses avant de perdre la tête. La folie me gagne petit à petit mais je ne veux pas perdre ma raison. Je ne supporterai jamais de m'effacer face à la bête qui s'éveille en moi. Je suis une vampire de Sang-pur, jamais je ne baisserai la tête, je me battrai toujours pour rester moi-même. Je ne peux pas perdre le contrôle, ou alors je deviendrai un monstre sanguinaire. Je ne permettrai pas que je dégénère à un stade si bestial.

Je lève mon regard vers le ciel grisâtre tel un présage obscur. Je repousse en arrière mes cheveux trempés qui tombent sur mon visage. Je remonte la berge sortant enfin de l'eau après toute la traversée que j'ai dû faire à la nage. La robe que je porte me colle à la peau. Je frissonne ; il fait frais, de l'eau glacée coule le long de mon corps, mais je ne crains pas ce froid-là. Je fais face à la maison de mon enfance, je fais face à ma vie, à mon passé. Cette île représente le seul lieu où j'ai gardé mes souvenirs de petite fille. J'ai vécu sur ce bout de terre privée au milieu de Vinalhaven Island jusqu'à la mort de nos parents. Revenir ici produit deux sortes de sentiments en moi : La tristesse de revoir ce lieu où sont morts les deux êtres qui m'étaient les plus chers avec Bryan, mais aussi ce bonheur mélancolique qui vous saisit quand vous repensez aux plus belles années de votre existence.

Je m'avance sur l'allée menant au perron du manoir. Je tremble à l'idée de pénétrer à l'intérieur après tant d'absence. Je ne sais pas ce que je vais trouver ici, mais je devais venir. Je marche d'un pas sûr, les poings serrés. Je m'arrête en haut des marches, devant la porte d'entrée. L'effort me paraît infranchissable ; cette maison va-t-elle pouvoir m'aider ? Ne devrais-je pas laisser le passé là où il est ? Mon cœur se serre dans ma poitrine. Je ne dois pas changer d'avis, il est trop tard pour reculer, je ne suis pas venue jusqu'ici pour rien.

Je franchis la grande porte en bois massif avec ses bordures en laiton couleur d'or. Rien n'a changé, mais pour autant, tout est différent. Seul le rayon de lumière provenant de la porte ouverte arrive à éclairer légèrement l'entrée. Tous les volets des fenêtres sont fermés. Je m'avance de quelques pas, et balaie les alentours du regard. Malgré ma vue perçante, je ne distingue que quelques formes dans la pénombre. Je cherche à tâtons l'interrupteur, mes doigts rencontrent rapidement le bouton. La lumière m'aveugle, je ferme les yeux le temps de m'habituer à la luminosité soudaine. Une main toujours posée sur l'interrupteur, je redécouvre cette pièce qui n'a pas perdu de sa magnificence, malgré la couche épaisse de poussière. Je visualise dans ma mémoire d'anciennes images d'une vie passée : une petite fille brune riant alors qu'un jeune enfant aux traits gracieux la pourchasse, suivis par deux adultes à l'apparence si sage et jeune à la fois. Une famille heureuse, dont les enfants ont hérité des cheveux de la mère et des yeux du père.

Je me souviens avoir espéré que ces moments dureraient pour toujours... mais tout à une fin comme je l'ai appris bien trop tôt. Je souris tristement, puis parcours la pièce pour rejoindre l'escalier de marbre qui me fait face. Je caresse la rampe du bout des doigts et lève la tête vers le deuxième étage. Le grand escalier se divise en deux. Chaque côté dessert une aile de la demeure, le tout dominé par le balcon qui surplombe l'entrée.

Je prends à gauche, direction la porte au bout du

couloir. Rien n'est verrouillé, pourtant je suis certaine que personne n'est revenu depuis des années. J'entre dans le petit salon donnant sur deux autres portes. L'une conduit tout droit vers le bureau de mes défunts parents, tandis que l'autre mène vers une pièce mystérieuse. Petite, j'ai toujours été attirée par cette porte complètement noire car il m'était interdit d'y pénétrer. Si je peux avoir des réponses à mes tourments, alors ce sera là. Je le sais, j'y suis entrée une fois. Je n'avais pas longtemps échappé à la surveillance de ma mère mais ce temps avait suffi.

J'inspire un grand coup en posant ma main sur la poignée que j'abaisse. La porte s'ouvre et un souffle porteur de pouvoir remonte le long de mes chevilles. Des escaliers en colimaçons taillés dans une pierre antique s'enfoncent dans la pénombre. Je sens la puissance qui réside en ce lieu. Ce passage descend dans les fondations du manoir, vers une salle plus ancienne. Je ne sais il y a combien de siècles cela a été construit, mais c'était sans doutes peu de temps après l'arrivée des premiers Anglais en Amérique. J'attrape un chandelier plein de toiles d'araignées, je le nettoie un peu puis je repère la réserve à bougie dans un des buffets. J'espère qu'il y a encore des allumettes !

Je trouve un petit paquet et allume chaque bougie. Je m'avance dans le dédale d'escalier grâce à cette lumière. Au bout de ce chemin se trouve une chambre funéraire, ou autrement dit un tombeau. C'est ici que mes ancêtres reposent avec mes parents…

Je sens la fraîcheur de la pierre qui saisit mon corps me faisant presque frissonner. Une odeur de renfermé s'accueille, assez prenante mais supportable. Je tiens à bout de bras le chandelier afin d'éclairer le bas des escaliers. En dehors de l'odeur fétide, je peux repérer la présence d'un produit ressemblant à de l'essence. Je baisse mon regard et aperçois alors le début d'un canal contenant un liquide inflammable. Grace au chandelier je mets le feu à cette cuve à ma droite. Une ligne de flammes se forme rapidement, celle-ci tournant une fois puis deux, puis trois et quatre, pour finir leur course de l'autre côté de l'entrée, à ma gauche. La pièce semble avoir pris vie, réchauffée par la présence de ce feu qui en trace le contour.

Sur les murs se dessinent d'immenses bas-reliefs taillés dans la pierre. Des colonnes de marbre soutiennent la bâtisse dont le sol est entièrement recouvert de mosaïque noire et blanche. Je fais quelques pas dans la salle pour mieux analyser les représentations des sculptures éclairées par le canal de feu. J'ai l'impression d'être dans un univers fantastique, c'est époustouflant; jamais je ne me serais pas attendue à tomber dans un espace aussi magique, resplendissant et en même temps lugubre.

Mes parents et d'autres ancêtres qui me sont inconnus reposent ici. Quand un vampire est vraiment mort, il ne reste que quelques ossements, sans accessoires. Nous pouvons jouir d'une durée de vie bien plus longue que celle des humains mais en compensation notre retour à l'état de squelette est instantané une fois que la mort véritable a été donnée.

Je glisse ma main sur le rebord de l'unique et grande tombe au centre de la pièce, où sont regroupés tous les ossements. La pierre de marbre est glaciale, lisse, et d'un blanc de nacre sous la poussière. Je nettoie l'écriteau où sont gravés tous les noms, je lis celui de notre famille, puis retrouve les prénoms de mon père et ma mère. Un peu plus bas, sous la fleur de lys en feuille d'or, symbole de leur appartenance à la royauté, de découvre quelques mots reflétant un amour éternel: «Pour toujours et à jamais ensemble, nous ne formons qu'un.»

Un sourire se dessine sur mon visage alors que je songe à ces deux êtres aimés et aimants. Une larme de sang coule le long de ma joue. Je m'assoie contre la pierre, appuyant mon dos contre sa dureté glacée. Je ferme les yeux en recroquevillant mes jambes contre ma poitrine. Mon visage tourné vers le plafond, je découvre la fresque d'une voute étoilée qui m'hypnotise. Je me pose alors la question :

- Dis-moi maman, dis-moi papa, que suis-je censée faire ? J'ai besoin d'aide…

Une seconde larme de sang coule de l'autre côté de mon visage. Je me sens si faible une toute petite fille. Mes yeux se ferment tous seuls et mon esprit s'envole vers un temps passé, un temps innocent et pur. J'en oublie mes peurs et me laisse dériver vers tous ces souvenirs heureux de la petite fille chérie que j'étais. Dans cette maison de mon enfance, je me sens proche de mes origines, et de mes racines.

Enfant, j'étais surprotégée par mes parents, par mon frère et par tout le reste de mon entourage. J'avais une santé fragile pour une enfant vampire, à l'opposé de mon grand frère qui affichait forme et agilité. Malgré cette différence de capacités dans nos jeunes années, nos caractères renvoyaient l'inverse de ce que nos corps étaient. Mon frère, d'après ce qu'on m'a dit, a toujours été très renfermé sur lui-même, froid avec les autres, même avec nos parents. Bryan n'a jamais été particulièrement chaleureux comme le sont la plupart des enfants. Ma mère m'a dit un jour que c'était parce qu'il avait été éveillé au monde adulte et aux responsabilités de son rang trop tôt. Mon frère n'a pas eu le privilège de vivre une véritable enfance contrairement à moi en quelques sortes.

Nos parents s'en sont toujours voulu de voir leur fils si distant ; ils se sentaient responsables. Bryan ne le faisait pas exprès, et cela devait être sa nature. Il fut ainsi les dix premières années de sa vie et resta toujours un enfant très sérieux, très attentif. Heureusement, il réussit à s'attacher à quelqu'un, à moi, un peu de joie et d'espoir. Mon grand-frère a ouvert son cœur à un petit bébé braillant, sa petite sœur. Avant ma naissance, il ne parlait que très peu et lisait beaucoup mais à partir du jour où je suis venue au monde il a toujours été collé à moi. On ne pouvait plus nous séparer et il fait partie de la plupart de mes souvenirs de ces jeunes années.

Cela est notre histoire, je ne peux pas la conter aussi bien que lui, ni analyser le pourquoi du comment mais il fait entièrement partie de ma vie. Bryan a toujours été le centre de mon monde.

Nos parents, nous ont toujours gardé auprès d'eux ; il y avait beaucoup de monde dans la maison, beaucoup de serviteurs, mais c'était toujours nos parents qui veillaient à s'occuper personnellement de nous, enfin surtout de moi, car mon frère était très autonome. Pour ma part, j'étais active, joueuse, mes rires résonnaient à travers toute la demeure. Ma mère disait que j'étais un vrai rayon de soleil. Les rares fois où j'avais le droit de venir avec mes parents et mon frère pour différentes apparitions officielles, tels que des bals, les invités se bousculaient toujours pour nous voir mais bien qu'ils restassent à distance de mon frère, ils s'attroupaient toujours auprès de moi en désirant saisir un peu de ma brillance comme ils disaient.

C'est ainsi que mon simple prénom fut utilisé pour me donner un titre plus prestigieux et qui n'appartient qu'à moi. Petit à petit je ne fus quasiment plus « la petite princesse Thornton » mais je devenais « la princesse de Jade ».

Nous étions des enfants précieux compte tenu de la nature de notre patrimoine génétique. Les Sang-purs sont peu nombreux de nos jours, mais une femelle, et qui plus une adulte, est encore plus rare. De ce fait, nous sommes inestimables.

WYATT

Traverser tout le territoire d l'Est pour aller chercher cette gamine fugueuse ne m'enchante guère. Je suis un traqueur, je trouve mon plaisir dans la chasse. Là, ce n'est pas très amusant… Mick n'a rien dit de notre trajet. Je me demande bien pourquoi je suis venu. J'aurais dû me porter volontaire pour garder la demeure, le temps que mon Prince parte récupérer se femelle récalcitrante. En tant que serviteur le plus proche, je dois toujours veiller à la sécurité du prince, où qu'il aille. La noblesse exige cette protection pour son cher prince… Plutôt ironique, vu que Mickaël Wilkerson est largement plus puissant que moi, il est l'un des Sang-purs les plus âgés.

Nous avons pris l'avion en direction du Maine. Vivre des siècles permet d'amasser une certaine fortune qui peut s'avérer utile, comme aujourd'hui où nous avons pris un jet privé. Posséder du pouvoir rend la vie parfois plus facile, le prince n'a jamais à attendre bien longtemps avant qu'on lui serve sur un plateau ce qu'il désire.

Le matin à l'aube nous sommes arrivés en bateau sur l'ile des défunts parents Thornton. Je dissimule mon agacement derrière une paire de lunettes noires. Le propriétaire du bateau accoste, je mets pied à terre à la suite de mon prince.

Faisant quelques pas, passant devant mon prince, j'avance sur la berge et m'enfonce en silence à travers les arbres séparant la grande maison du quai d'amarrage. Mickaël me suit, toujours silencieux, il ne doit pas trouver nécessaire de parler pour l'instant. Je concentre mes sens sur ce qui nous entoure. Il n'y a pas d'oiseau pépiant, ni aucune autre source de bruits naturels, juste le vague murmure lointain de la mer. Un silence de mort règne sur cette île.

C'était une petite ile de parodie il y a une dizaine d'années, avant que la mort emporte la joie sur son passage. Chaque parcelle de cette terre semble porter le souvenir des jours passés ici et du tragique événement ayant rompu la magie de l'ile.

Un vent glacé venant de l'océan m'apporte le

parfum de la princesse de Jade. La trace est faible mais s'accentue vers la demeure marquée par les flammes et le temps. Je poursuis le chemin, plus ou moins dessiné à travers le bois, jusqu'à me retrouver face au majestueux refuge d'une famille bien trop convoitée. Mon prince passe près de moi, me bousculant, et me dépasse avant de s'arrêter à quelques pas sur ma gauche. Nous fixons tous deux la bâtisse.

- Vous aviez raison, mon seigneur : la fille Thornton est ici…

Je régurgite mes mots me sentant mal à l'aise en sentant l'air se charger de désapprobation. Je tourne mon visage vers Mickaël et croise son regard supérieur. Il s'avance vers moi, s'arrête, son visage presque nez à nez au mien, il me dévisage avant de répliquer, sur ce que je retiens comme un ton agacé.

-Elle sera bientôt ta princesse, apprends dès maintenant à la respecter comme telle. Je ne te le répèterai pas. Quand tu la nommes, emploie le préfixe « Princesse » avant son nom. Le titre est un important symbole de respect, et tu le sais. Et je veillerais aussi au ton que tu emploieras.

Il se tourne en direction de l'entrée de la demeure sans m'accorder un regard de plus. Il s'agit de la deuxième fois en quelques jours que je me fais réprimander par Mick, plus qu'en toute l'année dernière. C'est à cause de cette princesse de Jade que je me fais ainsi traiter. Je serre les poings, mâchoire crispée, je me force à ne pas dire ce que je pense de cette gamine. Elle ne va rien apporter de bon, surtout pas pour moi.

D'un pas exaspéré, je me dirige à la suite de Mickaël, nous rentrons à l'intérieur et réalisons que finalement il n'y a pas eu autant de ravage que l'on pourrait le croire. Tous les volets sont fermés mais la lumière est allumée. Il y a beaucoup de poussière, l'endroit semble endormi, ancien, bien qu'encore assez bien préservé malgré les traces de suie du passage des flammes. Cette demeure est encore exploitable, même si après ce qui s'y est passé, je suppose que personne n'ait très envie de venir vivre sur l'ile.

Mick est déjà en train de monter les escaliers, il ne porte aucun intérêt à ce qui nous entoure, il continue son chemin, droit en direction de sa précieuse princesse. Les femmes sont une véritable catastrophe pour les hommes, elles nous rendent faibles quand notre cœur se fait prendre dans leurs filets.

Nous parcourons la maison arrivant dans un cabinet, peut être un boudoir, qui donne sur deux portes. Je m'avance tout en inspectant d'un regard critique la petite porte d'ébène, je me replace devant mon prince. J'effleure du bout des doigts la poignée et ne tarde pas à recevoir une décharge préventive comme je m'y attendais. Je retire ma main d'un geste un peu brusque, avant de la secouer pour faire partir la sensation désagréable. Je regarde Mickaël qui pour la première fois de la journée esquisse un sourire amusé.

-Nous ne sommes pas les bienvenus apparemment. Je vais y aller malgré ce désagrément, attends-moi à l'extérieur, je ne devrais pas trop tarder là-dedans.

Je vois un air un peu dégoûté passer sur son visage, enfin il est assez difficile de traduire ce que ressent Mickaël. Tout comme moi, il sait que cette porte mène sur un caveau sans l'ombre d'un doute, c'est une coutume répandue chez les vampires que de garder ses ancêtres à porter de main, ils peuvent encore être utiles. L'atmosphère de cette île transporte l'aura des êtres extrêmement puissants y ayant vécu. C'est suffisant pour ne pas donner envie d'approcher.

Cette sorte d'aura ainsi que le côté morbide de l'ile suffisent à repousser les êtres de mauvaises intentions, mais un petit sortilège de protection sur l'endroit où reposent les défunts n'est pas surprenant. Seuls les individus de la famille Thornton peuvent y rentrer sans y être sensibles. Un prince comme Mickaël ne peut être retenu à l'extérieur, mais le voyage ne risque pas d'être une promenade de santé, même lui va certainement se sentir « mal à l'aise » une fois passé cette porte.

-Bien, mon seigneur, j'espère que vous arriverez à vos fins, luis dis-je amicalement.

Le poing sur le cœur, je le salue en inclinant la tête avant de m'éloigner. J'entends la porte s'ouvrir tandis que je tourne le dos à mon prince, Je fais le chemin à rebours et sors de la maison en traînant les pieds. Ma mission s'arrête ici, elle ne reprendra que lorsqu'il sera sorti du caveau, la princesse de Jade ne représente pas un danger au niveau de la sécurité physique de Mickaël, donc je n'ai pas de souci à me faire pour mon prince.

Je marche sans but autour de la maison en balayant du regard le paysage, je suis plongé dans mes pensées. Savoir que sa précieuse âme sœur est enfin à portée de main, mais ne pas vouloir la brusquer, de peur de la mener à sa perte et à la sienne, doit être difficile. Le prince de l'Ouest du territoire Américain est censé tout maîtriser.

Les instincts des vampires ne sont pas très doux, nous sommes civilisés mais restons tout de même des prédateurs, des êtres de passion, assoiffés de sang. Quand on considère que quelque chose ou quelqu'un nous appartient alors nous pouvons devenir très violents, la notion de propriété chez les vampires est semblable à celle du loup.

Ceux qui sont assez intelligents apprennent à se contrôler et à montrer des faux semblants en public. La sécurité de notre communauté est basée sur la discrétion, sur le secret. Nous avons fondé un contrôle puissant sur la société humaine, certains de ces grands dirigeants sont de notre espèce où alors étroitement liés à notre communauté sans s'en douter. Les vampires possèdent un pouvoir hypnotique et un don pour la séduction, ce qui s'avère bien pratique en politique.

Je me rapproche de la rive où nous attend le bateau, j'inspire l'air de la mer et regarde l'horizon. Même si contrairement à certaines rumeurs nous possédons nous aussi un cœur et tous les tourments qui l'accompagnent. Le lien qui unit deux âmes sœurs est bien plus puissant que n'importe quel amour. Malheureusement pour le prince et son amour, être des âmes sœurs n'est pas seulement un avantage, c'est aussi une malédiction. La nature ne donne pas sans conditions, tout est une question d'équilibre.

Mickaël ne peut pas expliquer le problème à la princesse ainsi : « Hey ! Salut, tu es mon âme sœur, si tu ne t'unis pas à moi par amour alors tu risques de mourir dès tes dix-sept ans, moi aussi par la même occasion ! ha, aussi j'oubliais un détail, vu que tu es une femelle vampire tu n'as pas beaucoup de chance de survie ! Voilà ! Etc., etc…». Il est clairement impossible d'annoncer les choses d'une telle manière, la gamine deviendrait folle.

Mon prince ne veut pas forcer Jade en lui révélant le danger qu'elle encourt. Il sait que s'il le fait, alors elle niera tout en force. Pour qu'il n'y ait pas de fin tragique pour ces deux-là, il faut qu'elle éprouve des sentiments réels, tel que l' « amour fusionnel». Elle doit ensuite s'unir à lui de son plein gré par le sang, ainsi que sexuellement.

Quand un vampire boit le sang de son âme sœur alors il développe une addiction impossible à détruire. Le vampire ne supporte plus le sang de quelqu'un d'autre. Ce sang là le rend bien plus puissant, en renforçant les liens qui unissent les deux âmes. Pour que la malédiction des âmes sœurs soit brisée et qu'il y ait un *happy end*, il faut absolument que Jade accepte ses sentiments pour Mickaël. Le tout est qu'il faut qu'ils s'en rendent compte et mélange leurs essences avant d'être frappés pas la malédiction. Je repense en ressassant en boucle cette affaire qui a pris une trop grande importance pour moi, et je fixe toujours l'horizon cherchant une réponse.

MICKAËL

Elle est devant moi, je souris, encore quelques mètres à parcourir et je pourrai la tenir dans mes bras. Elle ne semble pas réagir. Son parfum délicieux de femelle fraiche et pure emplit l'air autour de moi. Cette odeur m'appelle, elle me séduit et m'attire. Tout mâle est inexorablement attiré, d'autant plus un vampire qui peut sentir son sang, ce met paradisiaque.

Elle m'appartient, cette femelle est mienne. Personne d'autre ne l'aura, je suis le seul à avoir le droit de sentir son odeur à même sa peau. Je la contemple, jouissant de cet instant.

Mon regard parcourt chaque centimètre de sa peau dévoilée. Je n'ose pas faire un geste. Je cesse même de respirer. Je ne m'attendais pas à tomber sur cette scène : ma précieuse petite princesse somnolente, à peine recouverte par une robe rendue transparente par l'eau, avec cette chevelure brune désordonnée. Son corps fin et gracieux, étalé avec sensualité contre le monument de pierre, un appel aux délices de la chair, et la damnation suprême pour mon âme.

 J'entends un chuchotement incompréhensible s'échapper de ses lèvres, je franchis la distance qui nous sépare. Je m'accroupis près d'elle, je n'ai jamais pu ou ne me suis jamais permis de l'observer aussi méticuleusement. J'admire la rougeur de ses lèvres sous l'effet de la fraîcheur du lieu. Mon regard descend, je fixe sa gorge. J'inspire profondément, et ferme les yeux fortement, le temps de laisser passer la vague de désir qui me saisit. Je rouvre les yeux et tombe sur la courbure de sa poitrine. Un seul mot me vient à l'esprit : parfaite. Le besoin de la posséder me submerge. Elle est trop désirable. Jamais je ne me le pardonnerai si je la touche alors qu'elle semble inconsciente.

Je suis sur le point de m'écarter le temps de

reprendre mes esprits quand je surprends son regard sur moi. Je deviens aussi immobile qu'une statue, le temps s'arrête. Depuis combien de temps m'observe-t-elle ? J'ai été pris dans le sac tel un vrai adolescent. C'est honteux, j'ai des siècles d'existence à mon compteur et pourtant je ne peux me contrôler correctement en sa présence.

- J'aime que tu me regardes.

Sa voix me surprend, ses paroles encore plus. Ma surprise transparaît sur mon visage. Le ton qu'elle a employé est doux. Son expression est charmeuse, elle semble sincère. Je déglutis, elle m'a encore surpris. Je vois qu'elle capte le léger mouvement de ma gorge. Je fronce les sourcils quand son expression change. Elle entrouvre les lèvres, je peux voir ses narines frémir. Elle reprend la parole mais sa voix est devenu charmeuse, envoûtante, effrayante, un peu rauque. Elle est en chasse et je suis sa prochaine proie. Elle me dévore du regard.

- Tu sens le pouvoir. Tu es pur et fort, la noblesse suinte de tous tes pores. Tu es un prince n'est-ce pas ? Je veux goûter, je veux juste un peu de ton sang.

Je pense alors qu'elle ne me reconnait pas, elle ne doit pas être encore bien réveillée, elle est guidée par sa soif. Elle doit vraiment avoir atteint un état critique pour que ces instincts de prédateurs la contrôlent sans même qu'elle ne puisse se rendre véritablement compte de ce qu'elle fait. Je lève une main vers elle, la pauvre doit être totalement perdue à l'intérieur, surtout si une partie d'elle est encore consciente et assiste impuissante à ce qui se passe. Ma main a presque atteint sa joue quand elle me saisit brusquement le poignet. Elle ne serre pas fort mais pour autant je ne crois pas qu'elle ait l'intention de me lâcher.

Subitement, elle change de position et s'approche de moi. Sa main libre se retrouve posée sur l'une de mes cuisses alors qu'elle se penche sur moi, son regard ne lâchant toujours pas ma gorge. Je sais exactement ce qu'elle regarde, l'artère palpitante au creux de mon cou. Elle en a tellement envie que je peux sentir son désir : sa soif parait sans bornes, comme la mienne. Ce n'est pas seulement de sang qu'elle a envie mais plus précisément de mon sang, depuis la première fois où nous nous sommes vus elle doit désirer en secret mon essence, sans même l'avoir réalisé. Me rendre compte de cela me fait sourire. Je m'inquiète de ses sentiments mais finalement la princesse me veut ; son corps et son âme me désirent avec force. J'observe le mouvement de sa langue sur ses lèvres, elle se lèche les babines.

Ses crocs étincelants de blancheur se détachent du rouge de ses lèvres, ils poussent tandis que le corps de leur propriétaire se raidit. Je tourne ma tête, la penchant légèrement pour lui offrir un meilleur accès à mon cou. L'air déborde de son désir et du mien, mes propres canines me font souffrir. Je grogne faiblement et je ferme les yeux. Je suis totalement sous son charme. Je me donne à elle avec plaisir !

Elle ne résiste pas plus longtemps, je sens ses crocs s'enfoncer profondément dans ma chair, perçant la peau et pénétrant l'artère. Je gémis de plaisir, la légère douleur de la morsure est tout de suite effacée par un tourbillon de volupté. Mon sexe a un soubresaut. Je ferme les yeux plus forts et je soupire, c'est tellement bon. Elle boit à grosse goulée, de petits gémissements sortent d'entre ses lèvres, j'adore ce bruit. Ma main libre vient se poser dans ses cheveux dans une tendre caresse. Elle ne cesse de boire, et je ne veux pas l'arrêter. Elle a un mouvement de recul sans pour autant retirer ses lèvres de ma gorge. Je sens son trouble : Elle a encore soif mais ne veut pas m'affaiblir, ces deux désirs différents s'opposent.

-Tout va bien... Bois ma princesse, abreuve-toi de mon sang et de nul autre, ma *niéra*.

Je m'adresse à elle avec douceur, je cherche à l'apaiser et à l'encourager. Elle appuie son corps contre le mien, se posant sur mon torse alors qu'elle replante doucement ses crocs plus profondément. Elle se remet à boire mais avec moins d'avidité, elle semble déguster chaque note de ma saveur. Je la berce de mots tendres et répète plusieurs fois l'appellation de « *niéra* » chez les anciens vampires qui peut être traduit comme «bien-aimée».

Elle étanche sa soif, buvant plus que ce qu'elle n'aurait eu besoin. Une fois calmée, ses crocs se retirent de mon cou, je sens alors sa langue glisser le long de celui-ci, léchant les quelques gouttes de sang lui ayant échappé. J'attends patiemment qu'elle ait terminé. Ma précieuse princesse sourit et ferme les yeux en reposant sa tête contre mon épaule.

- Délicieux…

J'entends à peine le mot qui sort de sa bouche avant qu'elle ne s'assoupisse en enroulant ses bras autour de mon cou. Je la contemple encore un peu avant de raffermir ma prise sur son corps. Je me relève en enroulant un de mes bras autour de sa taille et passant l'autre sous ses cuisses.

- Je vais veiller sur toi, repose toi dans mes bras et sois en paix, ma belle…

Je la soulève, la tenant bien contre mon corps, je n'ai aucune difficulté pour la porter. Elle est si légère, si petite dans mes bras, elle parait fragile… Je me tourne face à la sortie et la porte hors de cette demeure.

Je retrouve Wyatt dehors, près du bateau. Mon traqueur me regarde avec un air incrédule. Un sourire béat sur mon visage alors que je passe devant lui, ne lui accordant qu'un rapide regard.

- Notre travail est ici terminé, contacte l'aérodrome, je ne veux pas perdre de temps pour rentrer.

Je monte sur le bateau en faisant attention à mon délicat bagage. Je ne compte pas lâcher Jade avant de la laisser se reposer dans un endroit convenable. La savoir en sécurité dans ma chambre serait parfait pour mon instinct protecteur et possessif, je l'imagine déjà dans mon lit... Magnifique. Je m'en réjouis d'avance.

Nous naviguons puis volons jusqu'à la ville de Columbia avant de rouler vers Fulton, Jade est toujours inconsciente contre moi. Je suis faible mais satisfait, pleinement heureux. Je dors d'un œil dans la limousine, la grande quantité de sang que j'ai donnée m'a dépourvu de plus d'énergie que je ne le pensais. Je dois encore tenir un peu puis je m'accorderai le repos dont j'ai besoin.

Maintenant que je ramène ma princesse, après l'avoir arrachée à ce lieu de souffrance, je compte bien ne plus la laisser s'échapper. Je protégerai ma femelle, qu'importe la menace. Rien ni personne ne parviendra à me séparer d'elle.

Elle est en passe de devenir adulte et à accepter mon amour, alors nous pourrons vivre l'immortalité ensemble. Ce sera cela... ou la fin, la mort pour elle et moi, si son passage échoue.

Grenat

I Sang-Pur

Chapitre 10

ALEXIS

Aujourd'hui encore, Jade n'est pas venue en cours, cela fait deux jours. La dernière fois que je l'ai vue, elle semblait déboussolée. Il y a une semaine maintenant, Jade m'a été arrachée par Erin. C'est étonnant, effrayant, à qu'elle vitesse la blonde a développé un intérêt surdimensionné pour la nouvelle. Jamais je n'aurais imaginé ce scénario, les deux filles ont noué une amitié anormale, trop rapide, l'attention de mon ex pour Jade est vraiment étrange. Un seul mot me vient en tête quand j'y pense : Suspect. Seraient-elles lesbiennes ?

Depuis, les jours ont défilé et je n'ai revu ni l'une ni l'autre. Les premiers jours, j'ai aperçu Jade de ma fenêtre, elle errait chez elle, tout comme elle errait dans le lycée. La voir ainsi me faisait mal à la poitrine, j'avais envie de l'aider, de lui demander ce qui n'allait pas, mais sachant comment elle m'a répondu à notre dernière conversation, je ne pense pas qu'elle désire ma compagnie, du moins en ce moment. Tout me parait si compliqué, j'ai l'impression que la solution est là, mais quelque chose m'échappe. A chaque fois que j'essaye de mettre le doigt dessus, une magistrale migraine s'empare de moi.

S'il n'y avait que cela, si seulement je pouvais juste m'inquiéter de ne pas savoir ce qui perturbe cette fille pour qui j'ai de l'affection, mais la nouvelle n'est pas la seule à se torturer l'esprit. Depuis une semaine, j'ai l'impression de devenir fou. C'est la nuit de mardi à mercredi... et mon cas empire chaque matin.

Chaque nuit, quand je me réveille suite à d'épouvantables cauchemars. Je ne cesse d'entendre une voix sans arriver à mettre un visage dessus, une voix qui ne fait que répéter des mots incroyables : Princes, princesse et qui me qualifie d'humain comme si j'étais un moins que rien. Le rêve finit toujours de la même façon, je vois venir la mort, la faucheuse me saisit dans ses bras et des crocs apparaissent, deux canines longues et d'un blancs éclatants, des dents surhumaines, faites pour s'enfoncer profondément dans la chair jusqu'au sang. La panique me prend alors quand je vois ces crocs et comme dans un remake de *Dracula,* un seul terme surgit de mes pensées : Vampires ! Je me réveille en sursaut, transpirant et le souffle court, haletant d'effroi alors que la chair de poule s'empare de mon corps.

Cette nuit encore, le même schéma s'est déroulé et me voilà de nouveau dans la cuisine, un verre d'eau en main, en plein milieu de la nuit, pieds nus, en me demandant si mes jambes ne vont pas me trahir et me laisser m'effondrer sur le parquet. Je suis comme un obsédé, je n'ai plus que Jade en tête, et l'homme que nous avons croisé l'autrefois. J'essaie de trouver ce qui ne va pas, mais le mal de tête revient au galop, je m'oblige à penser complétement à autre chose pour ne pas fermer les yeux sous la douleur.

Je ne peux plus continuer ainsi. J'ai téléphoné à Jade hier et j'ai aussi sonné chez elle sans obtenir de réponse, à part un silence angoissant. J'ai le sentiment que quelque chose ne va pas, vraiment pas, de quoi perturber ma notion de la réalité. Je dois trouver une réponse pour retrouver mes esprits, qu'importe la douleur. Je n'ai jamais été très douillet, mais j'évite de me faire du mal, je ne suis pas masochiste, pourtant ma décision est prise ; je vais affronter la migraine, quitte à en pleurer si j'en arrive jusque-là.

Je remonte dans ma chambre et m'allonge sur mon lit avant de planifier ce qu'il me faut faire. Histoire d'ordonner un peu le casse-tête dans lequel je me trouve : Premièrement, se remémorer exactement tous les moments passés avec Jade, puis surtout en détails celui dans la ruelle avec l'inconnu et enfin aller flirter avec internet pour faire quelque recherche avec comme mots clés « vampire », « Thornton » ou « Princesse de l'Est »… noms qui reviennent dans mes rêves. Qui ne tente rien n'a rien comme dit le dicton ! C'est parti.

Je suis à la lettre mon programme, je finis l'étape numéro deux en me roulant dans mes draps avec la sensation que ma cervelle va exploser tellement je la chauffe, et aussi avec l'envie de m'ouvrir le crâne à deux mains.

Au la fin : expérience très douloureuse pour un résultat décevant. Je sais que mes souvenirs et la réalité ne sont pas semblables mais je ne suis parvenu qu'à reconstruire quelques flashes de la rencontre. Rien de consistant. J'ai patienté pour reprendre un peu de force avant de me jeter sur mon clavier, et bien que les premières recherches ne soient pas fructueuses, j'ai appris beaucoup de choses sur la famille Thornton, et la plus importante est fausse : Jade est censée être morte enfant dans un incendie avec ses parents.

J'ai aussi récupéré d'autres informations, comme le fait que ma nouvelle voisine et amie doit être à la tête d'une fortune colossale! Je referme le dessus de mon ordinateur portable, mon fidèle *HP* est devenu bouillant sous les assauts de mes recherches. Normal, j'ai passé quatre heures sur l'écran, je crois que je ne vais pas pouvoir aller en cours dans mon état. Je réussis je ne sais comment à traverser la distance entre le bureau et mon lit. Je suis comme un zombie, vidé de toute forme d'énergie, et mon cerveau continue de frôler le court-circuit.

Je m'effondre sur le matelas dans un soupir bruyant. Il est temps de faire un peu le vide et de laisser une bonne nuit (ou plutôt matinée) de repos s'occuper de faire le tri en espérant avoir l'esprit plus clair au réveil. Cette nuit m'a permis de m'assurer que je ne suis pas fou et que quelque chose d'anormal est survenu. Bien évidemment, ma notion du normal est actuellement remise en question.

Une seule chose est sûre au milieu de ce bazar : Jade, la mignonne petite nouvelle qui semble m'apprécier comme ami, n'est pas celle qu'elle prétend être, elle est loin d'être une fille aussi normale qu'elle le parait.

Je me sens sombrer dans le sommeil, plus vite que le *Titanic*. Peut-être que les cauchemars vont revenir m'empêcher de me reposer mais peu m'importe, je n'ai pas la force de résister. Demain, j'irai dans la ruelle où les portes de l'enfer ont été ouvertes sur ma vie puis je joindrai Jade. Je dois lui parler.

JADE

Du bout des doigts, je caresse la soie de ces draps si lisses, doux et légers. Ce n'est pas mon lit. Suis-je vraiment en train de me réveiller ou est-il possible que je rêve encore de lui ? L'air est saturé par son odeur, obscure et suave, mais avec une touche de douceur, presque sucrée. J'ouvre les yeux et réalise que je presse l'oreiller dans mes bras en inspirant profondément son parfum envoûtant. Je referme les yeux un instant pour me concentrer sur ce parfum. Je veux capter chaque note de son odeur, et ne plus l'oublier. Une odeur qui séduit et interpelle, celle d'un homme, un "vrai"... boisée, épicée, aux inflexions d'ambre et de cuir...

Je soupire d'aise avant de me redresser avec langueur. Mon regard parcourt la pièce dans laquelle je suis. J'ai dû m'endormir bien avant d'arriver ici, dans sa chambre. Mon dernier souvenir remonte au moment où nous étions tous les deux dans la crypte... Quand j'ai bu son sang. Son sang ! Je plaque mes mains sur mon visage, je me sens rougir rien qu'à repenser à ce moment. J'ai l'eau à la bouche, enfin façon de parler car mes crocs me font plutôt endurer le martyre. J'ai soif, je veux de nouveau goûter son sang et sentir sa force couler en moi. Que m'arrive-t-il ? Je n'étais pas totalement moi-même quand je me suis nourrie de lui.

Je sors du lit en prenant conscience du fait que je ne porte rien de plus qu'une chemise d'homme. Je me sens tout à coup loin d'être assez couverte ! Mince alors... qui m'a retiré mes habits ? Il n'aurait tout de même pas osé alors que j'étais inconsciente ?! Une bouffée de rage monte en moi. Pour qui se prend-il ce prince de l'Ouest ?! Je repère un bas de jogging et traverse la pièce pour le passer, puis une chemise que je trouve dans le placard. Les vêtements que je porte son bien trop grands mais je préfère cela, à me balader toute nue. Où peuvent bien être mes habits ? Je suis confuse, je n'arrive pas à réfléchir correctement et la seule chose qui semble guider mon corps est l'idée de le retrouver.

J'ai été si faible face à lui, j'étais perdue, il a su trouver des mots qui ont résonné en moi. Je me sens mieux désormais, même si je suis encore un peu chamboulée par ce qui m'arrive. Je peux sentir mon corps irrigué d'énergie, sa vie coule dans mes veines, se mélangeant à mon essence vitale. Je ne me suis jamais sentie ainsi après avoir bu du sang, le sien a agi sur moi d'une façon bien plus profonde. S'agit-il juste de quelque chose de normal quand on boit le sang d'un Sang-pur ou alors y aurait-il autre chose, un lien plus particulier ? Je secoue la tête et décide de sortir de cette pièce. Je vais devenir folle à rester enfermée au milieu de son parfum. Je balaye la salle du regard en me disant que la prochaine fois que j'y viendrais, il faudra que je l'inspecte plus en détails, au cas où je pourrais en apprendre des choses sur son propriétaire.

Je suis de nouveau moi, Jade, l'adolescente dont j'ai l'habitude. La vampire assoiffée de sang qui semble paisible, satisfaite, rassasiée, je sais qu'elle est encore là sous la surface. Je me déplace en silence le long de couloirs ornés de chandeliers. Je me dissimule sans trop fournir d'efforts, la lumière tamisée joue à mon avantage, et je vois les gardes arriver avant qu'ils ne me repèrent.

Une voix se détache des autres, un petit comité est en plein débat et Wilkerson en fait partie. Ces personnes sont à proximité de là où je me trouve. Je continue ma traque jusqu'à atteindre une porte entrouverte d'où s'échappent différentes voix, dont celle dominante du Prince. Il est derrière cette porte, en compagnie d'autres vampires, certainement des nobles. Je marche sur la pointe des pieds, et me rapproche du rayon de lumière pour essayer de voir ce qui se passe à l'intérieur, mes autres sens me donnent beaucoup d'indications, mais j'ai envie de voir.

Je m'appuie légèrement contre la porte, et celle-ci bouge dans un grincement. Plus aucun bruit ne me parvient de derrière la porte. Soudain, la tension est tangible. Ils ne m'avaient pas encore senti avant, ou avaient fait semblant de ne pas y prêter attention. Je n'aime pas ces cannibales, les autres vampires ne rêvent que d'une chose : s'abreuver de notre essence vitale à nous les Sang-purs. Depuis la mort de mes parents j'ai toujours vécu loin des vampires, il n'y avait que mon frère dans mon entourage, jusqu'à récemment. Je cesse de respirer et analyse la situation sans bouger d'un cil. Le temps semble suspendu, notre communauté est censée me croire morte depuis plus de dix ans.

-Entrez, venez Princesse.

C'est lui, il m'appelle, je pousse la porte et apparais aux yeux de tous. Je suis éblouie quelques instants par la lumière solaire artificielle, la salle déborde de luminosité. Contrairement aux superstitions humaines, les vampires aiment la lumière, de la même façon qu'on désire ce que l'on ne peut avoir. Seul les Sang-pur ou vampires suffisamment âgés peuvent s'exposer au soleil sans flamber.

Tous les regards de l'assemblée convergent vers moi, je me sens déshabillée par ces regards avides. Je réprime une expression de dégoût et après avoir toisé chaque individu, un par un, les yeux dans les yeux, j'arrive enfin à lui. Il est à l'autre bout de la pièce et me considère d'un air assez amusé, quelque peu charmeur. Dans cette salle se trouve une dizaine de vampires tous habillés avec classe, et des styles d'époques différentes, bien que l'un d'eux ressemble plus à un meneur de gang. Ils sont tous assis autour d'une grande table ovale. Deux femmes sont en retrait de la troupe d'hommes, elles ne semblent prendre part à la réunion qu'indirectement, via leur compagnon. Nous sommes une société patriarcale, les hommes dirigent.

Je soutiens le regard du prince dont j'ai bu le sang. Relevant la tête, n'accordant plus aucune attention aux autres personnes présentes, je ne ressens plus aucune faiblesse et surtout je me contrôle cette fois ! Certes je suis vêtue comme une chiffonnière, mais malgré ce détail, c'est une femme qui fait face à l'assemblée ici réunie, et une Sang-pur d'une grande fierté. Je prends la parole, mon image est en jeu, je dois montrer qu'on ne peut pas me traiter aisément comme une enfant, ma vie en dépend. Les vampires n'ont qu'une règle : celle du plus fort.

- Donnez-moi des habits convenables et des explications, Prince Wilkerson, sur le champ. Je n'admettrai pas d'être ainsi réduite à devoir me présenter devant d'autres membres de notre communauté avec des guenilles.

- Ma chère Princesse de L'Est... Vous êtes tout à fait charmante dans mes vêtements.

Cet insolent Sang-pur me sourit alors qu'il me fait signe de venir le retrouver. Il a totalement ignoré mes paroles, il veut toujours se montrer supérieur. Je le ressens comme s'il me traitait comme une enfant ! Je retiens un grognement alors qu'une pensée s'impose dans mon esprit : il est incroyablement attirant avec ce petit sourire. Je dois garder en tête qu'il veut à tout prix me voler ma liberté en faisant de moi sa femme !

Après un instant d'hésitation, je m'avance vers lui, passant derrière les sièges de certains membres de l'assemblée. Tous les vampires me suivent du regard. Pour ma part, je soutiens celui du prince qui me fait face. Il tourne son siège vers moi, mes genoux se retrouvent à une dizaine de centimètres des siens. Je l'interroge du regard, tout en lui faisant comprendre que ce n'est nullement le moment de faire de choses incongrues.

- Il s'agit du moment idéal pour annoncer la nouvelle, ne trouvez-vous pas Princesse ? Cette nuit sont rassemblés mes six seigneurs. Il est dans l'ordre des choses que je leur dévoile notre avenir commun à tous deux avant de le faire aux restes de notre communauté.

Je ne vois que trop tard ses mains s'approcher de l'une des miennes, je ne peux plus me permettre de l'arracher à son emprise sans aller contre les règles de bienséance en société vampirique. Je suis une Sang-pur, une princesse, et il serait mal reçu de provoquer un Prince face à son gouvernement. Je connais toutes les règles de bonne conduite et ne compte pas donner une mauvaise image de moi dès ma première apparition. Quoi que je fasse, je représente mon territoire et dois en tenir compte. L'expression de l'homme assis devant moi me dit clairement qu'il le savait d'avance, il me met au défi de le repousser. Je montre très furtivement les crocs, profitant que mes cheveux et l'orientation de mon corps dissimule mon visage. Je crée un sourire tout à fait de circonstance avant de me tourner face à mon auditoire.

- Nobles seigneurs, j'ai l'honneur de vous annoncer mes noces avec votre souverain : le

Prince Wilkerson dirigeant du territoire Ouest Américain. Moi, Princesse Thornton, sœur du grand Prince de l'Est, donnerai d'ici peu ma main au Sang-pur à qui je suis promise.

Je porte mon regard sur chaque membre de la réunion au fur et à mesure de mes paroles avant de revenir au Sang-pur que j'ai présenté comme celui à qui j'appartiendrai. Il ne cache pas sa satisfaction et j'ai envie de lui arracher cette expression à coups de gifles, ou de baisers peut être. Je commence à être troublée comme la fois où je l'ai rencontré dans sa salle du trône. Les souvenirs du moment où j'ai bu son sang me reviennent en mémoire d'un seul coup. Je rougis tandis qu'inconsciemment mon regard tombe sur son cou. Je déglutis et remonte mon regard le long de sa gorge, jusqu'à ses lèvres. Je me détourne de lui. J'adresse un salut plein de grâce et de noblesse aux seigneurs avant de retirer ma main de l'emprise du Prince.

- Je vous prie de bien vouloir faire abstraction de ma présente tenue. Au plaisir de vous revoir bientôt messieurs les seigneurs, mesdames.

Sans plus de cérémonie, je fais le chemin inverse en montrant le visage d'une femme forte, sûre d'elle, et aimante. Je joue le rôle de la parfaite incarnation de l'idée que se font les mâles vampires d'une femme rêvée. Je referme la porte derrière moi et attend d'avoir retrouvé l'intimité de la chambre pour pouvoir me laisser aller. Je soupire en passant mes mains dans mes cheveux. Cette confrontation était loin d'être agréable ou aisée. Je n'ai qu'une envie désormais : me rouler en boule au milieu de l'attirant lit et y rester cachée. C'est une période troublante, je ne me suis jamais sentie aussi perturbée de ma vie, mais le temps ne joue pas en ma faveur : il faut que j'agisse, et vite.

Je fouille la chambre à la recherche d'un téléphone, il faut que je contacte Bryan. Je sens au fond de moi l'inquiétude de mon frère, je me demande d'ailleurs comment cela se fait qu'il ne soit pas encore venu me récupérer. Je ne sais même pas depuis combien de temps je suis ici, vu l'état dans lequel j'étais, je ne serais pas surprise d'apprendre que j'ai dormi durant de longues heures. Quel jour sommes-nous ? Je dois parler à mon frère. Après quelques minutes de recherche, je mets la main sur un téléphone portable. Fière de moi, comme si j'avais trouvé un trésor, je grimpe prestement sur le lit et m'installe en tailleur avant de composer le numéro de Bryan.

ERIN

Presque deux jours ce sont écoulés depuis que le Prince Thornton s'est subitement relevé du fauteuil qu'il occupait pour déclarer que sa sœur était de nouveau dans la ville. Depuis, j'ai pu mettre des vêtements décents. Il a voulu aller sur le champ récupérer sa sœur, mais malheureusement, le territoire ennemi était en plein congrès et ce n'était pas le moment de montrer ses faiblesses aux vampires de l'Ouest. J'ai dû insister afin d'apaiser son esprit, et il a finalement cédé, en demandant la permission de rester dans ma demeure. Il se sait incapable de supporter que sa sœur soit aux mains de l'ennemi en restant dans l'appartement, qu'ils partagent tous les deux. Bien évidemment, le prince peut faire ce qu'il veut, et s'il déclare ma demeure comme sienne pendant un certain temps alors je ne peux rien y faire, et je ne ferais jamais quoi que ce soit pour l'en empêcher. Avoir l'honneur de loger ce prince qui m'intrigue tant, qui m'obsède même, est une chance bien trop grande pour que j'ose m'en plaindre. En gentleman, il n'a pas lâché prise au sujet de l'endroit où il dormirait, il a repoussé toutes mes tentatives de lui laisser ma chambre, déclarant que le canapé serait largement suffisant.

Cela fait bien des décennies que je n'ai pas croisé d'autres vampires. J'évite ma race comme la peste, le plus souvent. Passer du temps en compagnie d'un des miens, et pas des moindres, m'a fait réaliser à quel point je suis une vampire sauvage. Je n'ai aucune personne à qui me confier, personne pour me soutenir et me prêter son épaule pour pleurer dans les moments difficiles, ni pour partager des plaisanteries. Ma vie est dénuée de véritables amis, mais le manque qui creuse ma poitrine à vif est encore plus grand, je suis une femelle sans compagnon. Je n'ai jamais eu un mâle à aimer, ni personne qui s'inquiète pour moi. Le seul qui ait compté à mes yeux a été mon créateur, le vampire qui a fait de moi l'une des siennes. Ces deux jours passés auprès du Prince ont fait ressortir ma douleur et ma peine. Je m'ennuie dans ce mensonge de vie, que je mène dans le monde des humains. Ma nature de vampire désire vivre dans sa communauté, y prendre part comme un membre à part entière. La femelle que je suis veut se laisser aller dans les bras puissants d'un des siens qu'elle sent capable de la combler, et de la protéger.

-Erin ? Votre thé va finir par être froid.

Je papillonne des cils le temps de revenir à l'instant présent. Le Prince me fait face de l'autre côté de ma petite cuisine, il m'observe. J'ai presque l'impression qu'il sait ce à quoi je pense. Je rougis et baisse mon regard sur la tasse que je tiens entre mes mains. En effet, l'infusion ne fume plus et la tasse blanche n'émet plus de chaleur. Je me lève et vais vider le contenu de la tasse dans l'évier avant de la poser dans celui-ci. Je croise les bras sous ma poitrine, en m'appuyant contre le plan de travail.

Je sens encore son regard sur moi alors que j'évite le sien. Seuls quelques pas nous séparent. Je me sens plus sûre de moi actuellement avec une robe sur le dos que quand il est arrivé, et que je ne portais que mon drap. Soudain, une question me brûle les lèvres, je résiste un instant mais les mots m'échappent sans que je puisse les contrôler.

- Vous vous nourrissez de sang humain, je peux le sentir, et pourtant je pensais que les princes avaient une grande cour de femelles prêtes à leur tendre leurs veines. Comment cela se fait-il que vous ne vous nourrissiez pas du sang d'une des nôtres ?

Je fixe mes pieds alors que l'impatience s'empare de moi. Je veux savoir la réponse à ma question et en même temps j'ai peur de ce qu'il pourrait dire. Comment réagirais-je s'il déclare qu'il n'aime pas les femelles ? Je ne vois pas d'autre solution à son refus de se nourrir de vampire, sachant que seul le sang de l'autre sexe nous permet de gagner l'énergie nécessaire pour vivre, le sang est aussi un fort aphrodisiaque quand on le lie à des rapports intimes. Le fluide de vie des humains est un substitut moins riche et juste nourrissier.

- On m'a appris que la prise ou l'offre de sang est un gage que l'on ne peut partager qu'avec sa compagne. Je n'ai encore accepté aucune des femelles dont la main m'a été proposée car mes parents m'ont appris à suivre le chemin du cœur. Je bois le sang d'humain, ainsi je n'ai pas à m'engager dans une relation, à mes yeux l'on ne peut boire que le sang de sa femelle et pas celui d'autres femelles vampires, le partage de sang est un lien des plus sacrés.

Je l'écoute attentivement et me retrouve à hocher la tête en signe d'assentiment. J'approuve ses paroles et sens le soulagement détendre mon corps. Il n'avait aucune raison de s'expliquer mais il l'a fait, désireux de mettre les choses au clair comme si se justifier était essentiel. Je ne dois pas pour autant me faire de fausses idées à notre égard. Ce vampire est un prince et je ne suis rien, je n'ai aucun titre.

-Je vois… je suppose que votre point de vue est noble. Je partage cette éthique, je n'ai jamais tendu ma veine à quiconque.

L'ambiance est lourde, le silence se fait. Nous nous exprimons tous deux d'une manière très pudique, quasi officielle, j'ai l'impression qu'un accord se formule dans nos silences. Je relève la tête prudemment pour diriger mon regard vers le mâle se trouvant à quelques mètres de moi. Le parfum envoûtant du désir me submerge, je suis balayée par la puissance du désir du prince qui vient me brûler la peau, réveillant ma propre envie de lui. Il sait que je le désire, il ne peut en être autrement.

Il se redresse de toute sa hauteur, je peux voir les muscles de son corps se crisper, avant qu'il ne s'approche vers moi. Son visage est très différent de ce à quoi j'ai eu droit jusqu'à lors : une expression de pur désir, d'instinct presque animal et d'une résolution à toutes épreuves se lient dans ses traits. J'en ai le souffle coupé alors que je ne peux détacher mon regard du sien et de son corps que je parcours. Il en fait de même avec le mien, son regard volcanique survole chaque partie de ma silhouette avec convoitise. Il s'arrête juste devant moi, inondant mes sens de sa présence. J'inspire difficilement, l'air est empli de son odeur. Je n'aurais peut-être pas dû respirer.

- Ne dis rien, femelle.

Sa voix grave, dominante, est rendue rauque par le même feu qui brûle dans ses yeux. Je ne peux plus décrocher mon regard du sien, je suis totalement sous le charme. J'entends sa main se lever et je sens sa caresse sur ma joue, il effleure mon visage avec délicatesse et fermeté. C'est un mâle qui revendique ce qui lui appartient. Une voix se fait entendre dans ma tête et devient de plus en plus persistante : à lui, je suis à lui.

J'ai envie de le toucher, de poser mes mains sur son torse fort et musclé tout en finesse. Je sens mon corps se cambrer doucement alors qu'haletante je suis prête à m'offrir à lui. Je le veux, je veux ce vampire avec moi, sur moi et en moi. Je le veux dans mon lit, et pas seulement pour ce qu'il me propose.

Je relève un peu la tête vers lui, mes lèvres appelant les siennes. Un grognement s'échappe de sa gorge, un son viril, des plus excitants et qui a sur moi l'effet d'un stimulant. Ma peau est en feu, ma poitrine se tend vers lui. Je me sens déjà prête à être prise et possédée par ce vampire. La pensée que je n'ai jamais eu de rapport intime avec un être de mon espèce vient effleurer mon esprit, je n'ai jamais autant désiré goûter au délice d'un tel rapport.

Je sais que l'acte n'aura rien de commun, je peux lire dans le regard de mon vampire la promesse d'intenses heures sous le signe des plaisirs de la chair. Rien de tendre dans les ébats que me sont promis et pourtant je n'aurais qu'à dire non pour que tout cesse, j'ai le contrôle. Même si je sais que j'ai devant moi un mâle qui me dominera jusqu'au fond de mon âme, je n'ai pas de raison d'avoir peur, j'ai confiance. Qu'importe ce qui se passera, rien ne sera fait contre ma volonté.

Il baisse la tête, venant effleurer ma bouche dans une demande silencieuse. J'entrouvre les lèvres et la porte aux plus torrides moments de passion à venir. Sa bouche prend possession de la mienne, ses lèvres sont douces et chaudes, je lui réponds sans prendre la peine de réfléchir plus longtemps. Je caresse sa lèvre inférieure du bout de ma langue, avant de l'immiscer dans sa bouche. Son corps se presse contre le mien tandis qu'un bras intransigeant vient entourer ma taille et attirer mon corps contre le sien. Son baiser est exigeant, implacable, ensorcelant et tout simplement divin. Sa main toujours sur mon visage glisse le long de ma mâchoire pour aller trouver ma nuque, s'enfonçant au passage dans ma chevelure blonde. Un second grognement se fait entendre, résonnant entre mes lèvres. Je gémis de pur plaisir, sentant le sien plus qu'évident contre mon bassin. Il est dur comme un roc, je n'ai qu'une envie : laisser mon corps couler sous les délices de ses caresses, de ses lèvres et ensuite l'avoir en moi, au plus profond de mon être.

L'une de mes mains vient s'accrocher au-devant de sa chemise, serrant le tissu en désirant retirer les vêtements qui me sépare encore de son corps. Je ne suis que passion, il est de même. Ma main glisse le long de son torse, appuyant sur ses abdominaux pour sentir le corps ferme qui s'offre à moi. Je suis à bout de souffle quand il lâche mes lèvres en mordillant celle-ci avant de descendre dans mon cou. Je gémis de nouveau quand je sens ses crocs le long de ma peau. Il dépose un torrent de baisers tout au long de ma gorge, mordillant et léchant.

Alors que mes doigts arrivent enfin à destination sur le tissu tendu de son pantalon, une sonnerie se fait entendre. Prise dans mon élan, je l'ignore totalement et le prince semble en faire de même. Nous continuons notre danse sensuelle sans faire attention à cet appel intrusif. Malheureusement le téléphone persiste à vouloir se faire entendre, sans relâche jusqu'à en devenir insupportable. Je grogne de frustration et écarte un peu ma tête avant de murmurer d'une voix hachée.

-Répond, cette sonnerie ne va pas cesser par magie.

Pour autant ma main est toujours sur sa braguette, en plein travail et plus que désireuse de franchir la barrière de tissu pour être au contact de cette chair douce, chaude et dure pour moi. Ses lèvres s'arrêtent, il semble lutter contre l'indécision. Un grondement furieux suivi d'un juron me fait frissonner, non pas de peur, mais de désir. La braguette ouverte, la chemise froissée et le corps tendu, le prince recule en mordant ma lèvre inférieure sans la faire saigner. A grandes enjambées, il parcourt le chemin le séparant de son portable et décroche en maugréant.

- Quoi ?!

- *Bryan ? Tu n'as pas l'air ravi de mon appel, et pourquoi as-tu mis aussi longtemps avant de décrocher ?*

La voix de la princesse Jade se fait entendre au bout du fil. Je passe une main dans mes cheveux et tire sur ma robe pour la remettre correctement en place. J'hallucine, ce qui vient de se passer a courcircuité mon cerveau. Un sourire aux lèvres, je secoue la tête pour reprendre mes esprits. Je dois avoir les joues rouges et les lèvres tuméfiées… je n'ose pas bouger de peur que mes jambes me trahissent et que je trébuche si j'essaie de marcher. J'écoute la conversation en regardant sans gêne le prince qui m'a sauté dessus. Si seulement j'avais pu m'imaginer… J'en avais rêvé dans le fond mais sans avoir aucun espoir.

C'est le bien qui fait mal. Avant je ne savais pas ce que je perdais mais maintenant si. Je ne vais plus pouvoir ignorer mes attentes, elles vont se faire bien plus exigeantes désormais. Je veux être à lui et réciproquement, je veux pouvoir proclamer haut et fort que ce mâle est mien, qu'il m'appartient, à moi et personne d'autre. Encore et toujours, être à ses côtés. Même si l'avoir pour compagnon s'avérait impossible, je resterais auprès de lui, qu'importe mon rôle. J'en souffrirais et peut être que je ne pourrais pas du tout supporter de le voir avec une autre, une femelle de son rang, mais au moins je pourrais continuer de le regarder.

- J'étais occupé. Dis-moi comment tu vas. Je veux que tu sortes de chez ce Prince Wilkerson. Rassure moi, tu n'es pas retenue contre ta volonté ? Jade, ma sœur, je ne peux rien tenter, je suis enchainé, si je viens te libérer alors le Prince de l'Ouest pourra décréter qu'il s'agit d'une attaque, mais s'il te garde enfermée sans que tu sois d'accord, alors la loi est de mon côté et je peux venir te libérer.

- *Ne t'inquiète pas, mon « futur époux » n'a pas l'intention ne me faire partir en courant, donc il n'a rien fait à quoi je puisse m'opposer clairement…*

Un silence suit, marquant l'ironie dans les paroles de la princesse.

- Ecoute moi Bryan, ne fais rien et attends que je te rappelle, j'ai des choses à régler de mon côté et au cas où, je préfère que tu évites de te jeter dans la gueule du loup : Les seigneurs du prince Wilkerson sont actuellement dans la demeure, ils ont une réunion. Ce serait mauvais que notre Prince, toi, tu tombes entre leurs mains, ils pourraient avoir de mauvaises tentations envers toi. Pour ma part, je ne pense pas être en danger, Wilkerson tient plus que toi à me garder en vie donc je ne m'inquiètes pas.

- Es-tu certaine de toi ?

- Oui, ne t'approche pas de cette villa et attends mon signal. Je te retrouve bientôt mon frère.

-Si tu crois que c'est la chose à faire alors je t'en laisse le droit, pour l'instant. Je veux être tenu au courant, je ne serai pas loin, si quelque chose tourne mal alors je le sentirai.

-Bien, je garde ce téléphone sur moi. Je me suis retrouvée dans cette situation par ma faute, je démêlerai cette histoire moi-même, quel qu'en soit le dénouement.

- Qu'il en soit ainsi.

- Je choisis l'homme que j'épouse, personne d'autre. Je veux que tu saches Bryan que si je n'en ai pas envie alors malgré mon rôle, je ne le ferais pas.

-Je peux comprendre, je n'ai pas agi comme il aurait fallu. Je te présente mes excuses pour cela. Jade, j'ai eu très peur pour toi petite sœur.

- Je ne suis plus une petite fille, fais-moi confiance… et merci de prendre soin de moi.

- C'est ma mission, la plus importante de ma vie. Donne-moi vite des nouvelles.

Le Prince raccroche et se passe une main sur les yeux, il semble fatigué. Doucement son visage se tourne vers moi. Il empoche le portable avant de se servir un vers de sang. J'ai l'impression que ses mouvements sont au ralenti. Je le regarde remplir le verre puis le boire d'une traite après l'avoir porté à ses lèvres. Mauvaise idée que de fixer cette partie de son visage, mais je ne peux pas m'en empêcher pour autant. L'interdit est très tentateur, surtout quand il est incarné par ce sublime mâle vampire, un prince Sang-pur.

- Je dois aller voir les représentants de mon gouvernement, ensuite j'irai guetter la situation près de la demeure de Prince de l'Ouest. Vous venez ?

Plus de tutoiement, le moment de passion est fini, jusqu'à la prochaine fois.

-Oui, je vous accompagne, mon prince.

Grenat

Chapitre 11

WYATT

Positionné à l'entrée, en bas des marches du perron de la villa, je surveille le départ des seigneurs du Prince Wilkerson. Après une journée entière, avec au menu une réunion au sommet suivant un petit banquet, on peut dire qu'il était grand temps que la nuit tombe afin que la haute noblesse rentre chez elle.

Je n'ai jamais été fan de tous ces vampires bourgeois, hautains, avides de pouvoir et du sang de mon prince. Les précieux Sang-pur sont des mets rares et succulents, ce qui coule dans leurs veines est le meilleur sang du monde pour les vampires des castes inférieures.

Je veille à ce que tout ce beau monde quitte la demeure, vite et proprement. Mon travail est simple : je suis un traqueur, un tueur aux ordres de mon prince, mais aussi une sorte de garde du corps et le responsable de la garde du prince. Ainsi, c'est à moi que revient la charge de m'occuper des allées et venues dans le lieu de vie du Prince. Du moment que l'on ne me trahit pas, je suis fidèle, on peut me trouver vicieux, mais je n'ai jamais eu de mauvaises intentions envers mon maître.

Je ne suis pas quelqu'un de très compliqué. Toujours vêtu de façon pratique, pantalon de cuir noir et débardeur de la même couleur avec un harnais contenant divers dagues et petits couteaux de lancées, et une paire de pistolet, des *Glock*[1], attachée à la ceinture. Des rangers et une veste en cuir qui cache un peu mon attirail, complètent la tenue que je porte quasiment tous les jours, à quelques variantes près au fil des siècles.

Je dois toujours être sur mes gardes avec les seigneurs, car on ne sait jamais ce qui peut leur passer par la tête, comme faire un coup d'état et décider de boire l'essence du Sang-pur du territoire. De plus, le prince n'était pas le seul être dont le parfum a perturbé ces nobles aujourd'hui. L'invitée surprise de la réunion a semé l'agitation, j'ai bien cru qu'ils allaient essayer de la bouffer, une erreur telle de l'un d'eux m'aurait obligé à arracher la tête au fou en question. On ne peut se permettre qu'il arrive du mal à la princesse de l'Est alors qu'elle est sous notre toit.

---

[1] Série de Pistolet de la marque du même nom.

Je guette la dernière voiture s'avançant vers le portail. Dès que la limousine sera sortie des limites de la propriété, je refermerai la grande entrée de fer forgé derrière elle. Le retour au calme sera le bienvenu ! D'une lenteur extrême, la voiture noire passe enfin le portail, j'indique à mes hommes de le refermer. Je soupire, m'autorisant une seconde de répit, puis me retourne avec l'intention d'aller prévenir mon prince que tous ses petits seigneurs sont partis. Je n'ai pas fait deux pas vers la porte de la demeure que celle-ci s'ouvre… et un parfum tentateur s'échappe pour venir me chatouiller les narines. La princesse de Jade essaie-t-elle de se faire la malle ? La tête de la femelle apparaît dans l'entrebâillement de la porte ; elle regarde à gauche et à droite sans me prêter attention avant d'ouvrir la porte en grand et de sortir.

- Bonsoir. Vous comptez déjà nous quitter ? Sans dire au revoir ? Ce serait bien peu poli de votre part, et sans doute mal reçu de celle de mon maître.

Elle s'arrête et son doux visage me fait face avec une expression mi dégoûtée, mi contrariée.

- Pour votre gouverne, je n'ai nullement l'intention de partir pour le moment. Sachez tout de même que si je veux sortir, je n'ai aucun compte à vous rendre, traqueur.

Il faut avouer que la façon supérieure, quelque peu vexée, avec laquelle elle s'adresse à moi est très irritante et a aussi ... une vertu malsaine qui me fait me dresser dans mon boxer. En effet, je sens mon désir se réchauffer quand je m'adresse à elle. Nos échanges de piques me font bouillir de l'intérieur, je l'avais déjà remarqué à notre première petite conversation dans la rue.

- Détrompez-vous, c'est moi qui contrôle les allées et venues dans la demeure du Prince Wilkerson. Je n'ai reçu aucune indication m'autorisant à vous laisser sortir donc ayez l'obligeance de rester à l'intérieur, s'il vous plaît, chère Princesse Thornton.

Son rire retentit si brusquement que cela m'irrite les tympans. Je grimace légèrement tout en regardant autour de moi, cherchant le sujet de cette hilarité. Personne, il n'y a rien, c'est donc bel et bien moi qui l'ai fait rire, ou mes paroles du moins. Je croise les bras sur ma poitrine.

- Vous allez bientôt devoir revoir votre comportement vis-à-vis de moi, j'ai déjà du mal à vous supporter, mais sachez que vous ne continuerez pas longtemps à me parler sur ce ton une fois que je serais devenue votre princesse.

- Pardon ?

Ma voix n'est qu'un murmure, je déglutis difficilement. Mon visage doit être devenu transparent sous le choc. Je la regarde de haut en bas, puis dans l'autre sens. Elle ne baratine pas, elle croit vraiment en ce qu'elle vient de m'annoncer.

- Je vais honorer l'alliance entre nos deux territoires et devenir sa femme. Cela a été annoncé officiellement lors de la réunion.

Pour la deuxième fois, j'ai droit à un coup en plein ventre. Merde... Jamais je n'aurais cru qu'elle aurait accepté de devenir la femme de Mickaël. En même temps, c'est un mâle beau et puissant, intelligent, raffiné, et qui montre une tendresse sans borne pour cette femelle depuis sa naissance. Pourtant, malgré tout, j'avais toujours pensé que ma petite vie paisible, ma place auprès du prince, été assurée, que rien ne changerait, jamais. Cette femelle va tout bouleverser, je le sens, je le sais. Mickaël est différent quand il s'agit d'elle, un vrai petit chien aux pieds de sa maîtresse... et s'il apprend ce que j'en pense, alors je suis foutu.

- J'imagine qu'il est de rigueur que je vous souhaite bonne chance... et tout le bonheur du monde pour votre union, lui dis-je d'une voix morte avec un faux sourire sur les derniers mots.

- Évidement, c'est le minimum. J'espère que tu es heureux pour ton prince et moi-même.

Mes mains tripotent le bas de mon haut sans que

je n'y prenne gare, elles sont moites, j'ai trop chaud, je suis glacé. J'ai l'impression que la sueur dégouline de mes tempes, bizarrement, je réalise que je sous encore sous le choc. Un changement radical s'annonce. Sous ce cataclysme, je ne sais si j'aurais encore ma place, ce qui est sûr c'est que celle-là ne sera plus la même. Il n'y aura plus de « seulement le prince et moi contre le reste du monde », je ne serai plus la seule personne avec qui il passe la plupart de son temps. Non, désormais je ne serai jamais plus que le numéro deux. La place d'ami dont je pensais être proche va se faire écraser pour neuf litres de Sang-pur bien emballés.

- Je ne vous aime pas.

Les mots sont sortis tout seul de ma bouche. Les émotions me submergent et je ne réfléchis plus à ce qui peut s'échapper de mes lèvres. La princesse n'a point l'air surprise par ce que je dis, et ne relève pas, ce qui m'incite à continuer sur ma lancée.

- Ça aurait été mieux pour le prince que vous mourriez avec vos parents. Vous êtes un poison toxique, trop belle, trop pure, faussement innocente, une femelle assoiffée de sang sous votre masque de fillette. Vous allez tout lui prendre, il est déjà quasiment totalement sous votre emprise, il ne reste que peu de chose pour qu'il s'attache entièrement. Le lien est déjà puissant, vous avez bu son sang, il n'a plus qu'à boire le vôtre et continuer sur la lancée de cette intimité pour vous assurer la vie.

Je remonte les marches du perrons et la regarde de haut, il faut avouer qu'elle n'est pas toute petite, et bien qu'elle soit menue, on sent la force émanant d'elle. Je secoue la tête puis la regarde avec mépris.

- Autant que vous soyez mise au courant : Si vous ne l'aimez pas vraiment alors ça ne fonctionnera pas... et vous mourrez tous les deux.

- Qui a dit que je ne l'aimais pas ? répliqua-t-elle d'un coup, violemment.

- Vous n'avez jamais affirmé l'inverse.

Un instant je cru que la situation était sur le point de s'améliorer, une ombre de tristesse passa sur le visage de la princesse mais c'est d'une voix dure comme la glace et d'un regard noir qu'elle me répondit.

- Je ne le connais pas assez.

- L'âme et le cœur n'ont pas besoin de temps de réflexion, ils savent, réponds-je du tac au tac.

- Vous faites un vrai romantique ! Je pourrais presque vous supporter... En fait, non, rien que votre vue m'irrite au plus haut point. Vous êtes mauvais, le mal est en vous, gravé profondément dans votre chair. Je peux voir à quel point vous vous bridez pour ne pas me sauter à la gorge, fauve.

Je grogne de cette insulte, j'ai déjà entendu bien plus original mais de sa bouche ce petit mot parait pire que tout. Je montre soudainement les crocs, mon grognement est assez sonore il faut l'admettre.

- Vous ne me connaissez pas, princesse, mais oui, comme vous dites, j'ai terriblement envie de vous tuer, de boire votre sang, et de vous baiser aussi par la même occasion.

L'attaque qui me tombe dessus n'est pas celle à laquelle je m'attendais. Le coup ne vient pas de la princesse, il vient de gauche. Je suis propulsé dans le mur avec une violence magistrale.

MICKAËL

Je n'ai pas tout entendu de la conversation, seulement les dernières phrases avant que la rage m'aveugle, prenne le contrôle de mon corps, et me pousse à attaquer le mâle souhaitant agresser ma femelle. A peine les informations sur la situation sont-elles montées à mon cerveau que je lâche ma puissance sur Wyatt l'envoyant valser sous la force d'un coup mental.

Telle une bête sauvage je saute sur mon traqueur, le ruant de coups sans lui laisser une seule chance de se défendre. Je suis à califourchon sur lui, entrain de fracasser sa mâchoire. Tel un taureau voyant rouge, je cherche à éradiquer la menace sans même réfléchir à mon action.

Tout crocs dehors et avec un grognement furieux, plein de menace, je donne un énième coup de poing dans la face de ce vaurien. Je vois vaguement la princesse s'agiter à ma périphérie. Pour l'instant, il n'y a pas d'autres moyens pour que je me calme que de laisser ma colère se déverser.

Au bout d'un moment, je commence à regagner un peu de raison. Je me redresse légèrement, guettant une possible réplique à mon agression, mais non, rien ne se produit. Mon traqueur ne bouge pas, il s'efforce de respirer. C'est un vampire bien solide, car un humain aurait eu la tête arrachée dès ma première frappe. Je prends deux trois inspirations en gardant une posture agressive. Quand je m'adresse à lui, c'est dans un rugissement presque animal que mes mots se forment.

- Je t'exile Wyatt Sherman. Si tu remets les pieds sur mon territoire, tu mourras. Je fais preuve de clémence cette fois en t'épargnant, et cela en mémoire de tes années de services.

Les yeux du vampire s'ouvrent brusquement. Il me regarde comme si j'étais un fantôme, ou un Alien. Je me redresse et époussette mes épaules ainsi que mon buste. Je lui lance un regard supérieur tout en faisant signe à des gardes de venir. J'adopte une attitude détachée… Je sais depuis bien des années qu'il ne faut pas s'attacher à quiconque… on ne peut qu'en souffrir. C'est ainsi que la vie nous apprend ses leçons, et pourtant : nous recommençons toujours les erreurs de nos pères.

- Maintenez-le en place, j'ordonne. Je vais m'assurer que tu ne puisses jamais mettre à exécution tes menaces envers ma Princesse.

Cinq gardes arrivent pile au moment où le vampire, mon traqueur, désormais ex traqueur et ex-ami, se met à essayer de se relever et commence à prononcer des paroles confuses auxquelles je ne prête aucune attention. Les soldats s'emparent du mâle et écartent les membres de son corps pour le maintenir en place. Levant une main vers le ciel, je laisse des griffes presque animales s'allonger tout en soutenant le regard de ma princesse. Je dois savoir si elle est de taille à régner, les faibles natures ne survivent pas longtemps. Jade Thornton se redresse dignement, elle croise les bras sous sa poitrine et me rend mon regard. Hooo… Je perçois qu'elle semble trouver naturelle la punition que je prévois pour l'affront de Wyatt. Je hoche la tête satisfait et me tourne de nouveau vers ma victime.

- Enlevez-lui son pantalon, je réclame avant de m'adresser d'une voix plus basse et bien plus cruelle à mon traqueur. Un véritable mâle ne profère jamais de menaces sexuelles à une femelle, et encore moins à sa future princesse.

Je m'accroupis face au bassin du vampire. Je croise son regard une dernière fois, j'y vois la hantise de ce qui va advenir et la naissance d'une haine sans borne qui prend la place de l'affection et de la loyauté qu'il me vouait. Je déglutis, une part de moi est déçue et attristée par la perte du respect de celui à qui j'avais donné toute ma confiance, mais je ne peux tolérer son comportement. Je ne peux lui pardonner, je ne le peux sous aucun prétexte.

Un vague souvenir s'impose soudainement à mon esprit alors que ma main tout en griffes s'approche de l'entre jambe du mâle. Un visage similaire au mien mais avec des yeux d'un noir profond vient tarauder ma conscience… Une petite voix malsaine résonne en moi : « tu as les ténèbres en toi, nous sommes semblables, tu es aussi mauvais que moi, mon frère adoré. ». Je n'ai qu'une envie : fermer les yeux et me cacher comme l'enfant que j'étais il y a bien longtemps. Je fais tout l'inverse de ce que je désire. Je m'oblige à continuer sur ma lancée et commence à castrer sauvagement mon ancien traqueur.

Des cris effroyables se font entendre, ainsi que des supplications, mais je suis ailleurs. Je continue froidement et lentement à accomplir ma tâche, à lui déchirer et arracher ses attributs, tandis que les anciennes paroles du vampire le plus cruel de l'histoire refont surface dans ma conscience. Non, je ne serai jamais comme lui. Il a tué nos parents, a rendu folle mon premier amour et a failli réussir à me faire perdre la raison aussi.

Quelques instants plus tard, je me redresse et contemple d'un regard terne le carnage qui me fait de l'œil. Le corps étendu sur le sol n'est plus qu'à moitié le vampire qu'il était avant. Un mâle ayant perdu sa virilité, au sens littéral du terme, n'est plus un vrai mâle, il n'est plus que l'ombre de lui-même. Je jette les deux boules de chair au sol puis essuie le sang présent sur mes mains avec une serviette que l'on me tend. Je vois ma princesse se rapprocher doucement pour regarder de plus près le corps mutilé. J'invite d'un signe de la main ma précieuse Jade à venir près de moi. Elle se rapproche et glisse une main sur mon épaule pour montrer son soutien. Une fois ma femelle à portée de mains, avec son contact ferme et doux, je me détends et je sens un calme paisible chasser les cauchemars du passé, car oui, ceci est bel et bien du passé.

- Pars. Pars très loin, et ne reviens jamais, je déclare d'une voix glacée avant de me détourner de ce pitoyable spectacle.

D'un signe de tête, j'indique à Jade de me suivre à l'intérieur. En silence, et tout à fait dignement, elle m'emboite le pas, je lui tiens la porte moi-même puis la guide jusqu'à ma chambre. Il est grand temps que j'aie une vraie conversation avec elle.

Je referme la porte derrière moi et reste un instant adossé à celle-ci tandis que j'observe la jeune femme déambuler dans la pièce. Elle parait très à l'aise, comme si elle s'était déjà familiarisée avec ma chambre.

J'inspire profondément en baissant la tête le temps de réfléchir à ma façon d'aborder le sujet. J'entends les draps de lit bouger. Quand il s'agit d'elle, je deviens tellement imprévisible que moi-même je ne sais pas ce que je risque de faire d'un moment à l'autre. J'ai pourtant l'habitude de tout prévoir, j'aime contrôler, mais avec elle tout est différent. Je l'entends encore bouger sur le lit alors que je garde le regard tourné vers le sol.

Je me décide enfin à agir, je me redresse et

m'avance dans la pièce pour aller vers elle. Jade est assise en tailleur aux pieds de mon lit, elle me regarde avec une expression indéchiffrable. Je vois un sourire s'esquisser sur ses lèvres tentatrices, je me lèche les babines mais je me reprends tout de suite après. Je m'arrête à deux pas d'elle et plante mon regard dans le sien.

- Ce que tu as fait était la bonne chose à faire, tu l'as mutilé, humilié, il a été puni comme il se doit, déclara-t-elle sans lâcher mon regard.

Je comprends, au ton de sa voix, qu'elle a capté qu'une partie de moi s'est questionné et regrette la perte de ce traqueur. Je hoche doucement la tête, puis je m'approche d'elle en allant m'asseoir au bord du lit, à la gauche de ma jeune princesse. Je reste là, sans tenter d'aller vers elle.

- Je sais bien qu'il le fallait, et je recommencerai s'il le fallait de nouveau, mais ce vampire m'a servi fidèlement pendant presque cinq cents ans…

- Je peux comprendre que cela te touche, tu as le droit de ne pas être insensible, il était devenu un ami, ton confident, si je ne me trompe pas.

- Nous pouvons dire cela, il était celui dont j'étais le plus proche… je lâche dans un soupir. Mais je n'aurais plus jamais pu supporter de le voir après ce qu'il a dit. C'est impardonnable.

Je secoue la tête, grognant, de dépit et de

colère, mes crocs prêts au combat. A la périphérie de mon regard, je vois Jade se tourner vers moi tout en levant un bras vers moi, elle ne semble pas sûre d'elle mais pose sa main sur mon bras. Je rentre mes longues canines et me détend. Son contact est divin. Je lui adresse un fin sourire.

- Ne te tourmente pas à cause de ce traqueur. Je te rappelle que j'ai annoncé notre union donc tu as d'autres choses à te soucier.

Mon sourire s'élargit aux coins de mes lèvres, elle a trouvé le sujet parfait pour attirer toute mon attention. Je la regarde avec tendresse, et intérêt, et même un peu d'espièglerie avant de lui répondre.

- Comment pourrais-je l'oublier! Par contre, j'aimerais bien savoir pourquoi ma chère petite princesse à fait une telle déclaration si soudainement.

- J'imagine que j'aurais fini par faire mon devoir à un moment ou un autre… C'était écrit, je sais que c'est la bonne solution… confie-t-elle en parlant de plus en plus bas, elle rougit avant de continuer dans un quasi murmure : Et puis je ne suis pas totalement indifférente à tes charmes… Il faut avouer que tu as certaines qualités qui ne sont pas des moindres.

J'ai la sensation de m'enivrer, les mots qu'elle prononce sont magiques ! Je n'aurais pas pu rêver mieux ! Elle surprend mon expression du pur bonheur et croise brusquement les bras sous sa poitrine avant de prendre un air rembruni. Je devine ce qu'elle se demande.

- Vas-y, interroge-moi sur ce qu'il s'est passé précisément dans ce caveau.

Elle devient toute rouge et moi je me décontracte, je me mets face à elle en grimpant sur le lit, mes genoux presque contre les siens. Elle est tout à fait charmante dans son petit mal aise, cette femelle a tellement de facettes.

- Je sais déjà que j'ai dû boire ton sang, je le sens en moi, avoue-t-elle sur le ton de la confidence gênée, elle se racle la gorge avant de reprendre. Sa puissance est… enivrante.

- Je vais le prendre comme un compliment, merci… Je vais te rassurer car tu as l'air inquiète : je ne t'ai pas touchée, enfin pas intimement.

En entendant mes paroles, son visage perd tout son sang pour se retrouver aussi blanc qu'un linge, elle me lance un regard noir. Je m'empresse de continuer avant qu'elle puisse réellement s'énerver.

- Tu étais irrésistible, je ne peux pas te demander pardon pour ce que j'ai fait car je ne serais pas sincère, et je n'ai pas abusé de la situation, pas du tout, donc tu n'as pas de raison de m'en vouloir.

Je conclues avec un petit sourire charmeur tout

en me penchant en avant pour baisser mon visage vers le sien. Elle me regarde de haut en bas, je peux sentir son jugement sur moi. Je hausse les épaules d'un air innocent et finalement elle se détend.

- Je ne sais si je dois être flatté que tu m'aies assez respectée pour ne rien faire, ou déçue que tu aies réussi à me résister…

Mes sourcils se relèvent, je la regarde avec surprise et contentement pour sa sensualité ! Son sourire finit d'affirmer ce que je savais déjà : je suis à elle corps et âme.

BRYAN

Elle était restée avec moi tout du long, sans faillir sous les regards courroucés des membres de notre petite assemblée. J'ai organisé une rencontre avec mes seigneurs et les ai faits venir dans un café de Saint-Louis à la tombée de la nuit afin d'avoir une réunion concernant les nouvelles de notre communauté. J'ai aussi averti mes vassaux de changements à venir sans leur donner plus d'informations, ne sachant pas moi-même ce qui va advenir, le futur n'est pas toujours prévisible !

La réunion finie, je me dirige vers la sortie du

café, Erin se tient à ma droite, légèrement en arrière, me suivant en silence. J'ouvre galamment la porte à la jeune femme qui me remercie discrètement en me passant devant. L'air frais de la nuit est d'un bien fait libérateur. Je marche un moment sans rien dire, puis m'arrête alors que nous approchons de ma voiture. Je fais craquer mes articulations, poignets, nuques et je roule des épaules, avant de soupirer et de me détendre.

- Ces réunions sont ce qu'il y a de plus agaçant dans mon rôle de Prince, je lâche en me tournant quelque peu.

J'adresse un léger sourire à la jeune femme qui se tient à mes côtés. Depuis le jour où Jade est partie chez le Prince Wilkerson, elle m'a soutenu plus que quiconque ne l'a fait depuis la mort de mes parents. Pensif, je la contemple. Je ne m'étais jamais laissé aller comme je l'ai fait avec elle, je n'ai pas pu me contrôler quand nous étions chez elle. J'ai eu de nombreuses partenaires sexuelles, mais je n'ai jamais ressenti une attirance si puissante et si soudaine... Je n'en reviens toujours pas de la façon comment je me suis jeté sur elle plus tôt dans la journée. Rien qu'en repensant à cela, je sens le sang affluer dans ma verge.

- Ce ne serait pas drôle s'il n'y avait que des situations faciles à diriger au royaume, commente-t-elle.

- Si vous le dites… mais ce n'est pas vous qui devez supporter ces charlatans de seigneurs !

J'esquisse un petit sourire avant d'aller lui ouvrir la portière côté passager. Elle semble plutôt amusée par ma remarque, je m'en réjouis. Je veux détendre l'atmosphère après la réunion pesante. Elle me rejoint et monte avec élégance. Je remarque que je commence à relever les détails qui font d'elle une femme à part entière. Je ne devrais pas autant remarquer sa classe et sa beauté toute royale, nous sommes si différents elle et moi. Je referme en douceur la portière puis contourne la voiture pour me glisser derrière le volant. J'évite de la regarder sans montrer mon malaise.

- J'aimerais maintenant aller m'assurer que tout se passe bien du côté de ma sœur.

- Cela me semble raisonnable, mon prince.

- Vous m'accompagnez ? je lui demande en la regardant du coin de l'œil.

Elle ne répond pas tout de suite, elle réfléchit. Je la vois redresser la tête pour m'observer un certain temps avant de scruter le tableau de bord.

- Oui, tant que vous voudrez de moi, lâche-t-elle, sa voie se brisant sur la fin de sa phrase.

- Très bien, alors allons-y.

Je ne vois rien d'autre à ajouter. Je démarre la

voiture, le moteur du 4x4 rugit, et nous prenons la route de Fulton. Je ne sais pas quoi dire, je n'ai jamais été quelqu'un de très chaleureux, je ne m'imagine pas badiner tranquillement en voiture. Je décide de mettre de la musique et lance la sono pour rompre le silence qui devient pesant. La musique s'élève, provenant de la clé USB qui se trouve toujours branchée à ma voiture. Je m'immisce sur l'autoroute et fais monter les chiffres du compteur. Je ne suis pas un adapté de la conduite d'escargot, c'est plutôt l'inverse mais je reste prudent, parce que j'ai une passagère.

- « *Imagine dragons* » ? « *Demons* » ?

Je sens son regard sur moi, je hoche la tête sans lâcher la route du regard. Je n'avais pas pensé au fait que mes choix de musiques me ressemblent énormément et que j'ai choisi chaque chanson car elles traduisent ce que je pense, elles parlent pour moi.

-« *I want to shelter you, but with the beast inside there is nowhere we can hide* » (Je veux te protéger, mais avec ce monstre à l'intérieur, il n'y a nulle part où aller.), chantonne-t-elle en murmurant.

Je frissonne et lui jette un regard profond, intense. Une partie de moi pense qu'elle peut me comprendre, qu'elle pourrait peut-être m'aider... Elle regarde par sa fenêtre, nous ne parlons pas. L'envie de m'exprimer monte en moi, je décide de le faire de la même façon qu'elle.

- « No *matter what we breed, we still are made of greed* », (peu importe ce que l'on commence, nous ne sommes qu'avarice).

Elle tourne son visage vers moi, je détourne mon regard de la route. Nous nous fixons en silence, la tension monte soudain, comme chez elle, dans sa cuisine. Elle inspire profondément et je scrute ses lèvres avant de froncer les sourcils et de me retourner vivement vers la route. Je dois conduire, et je ne dois plus me laisser tenter par ce sublime petit lot blond.

Le reste du trajet se passe au rythme des musiques qui défilent. Je baisse le son quand nous nous rapprochons de la demeure de Wilkerson. Je gare la voiture dans la rue d'à côté, coupant le moteur et le son en même temps. Je sais qu'il faut que je dise quelque chose. Je désigne d'un coup de tête la bâtisse près de laquelle nous nous sommes arrêtés.

- Ce bâtiment représente un bon point d'observation, nous n'avons qu'à nous installer sur le toit, dis-je maladroitement alors que ma voix est plus rauque que d'habitude.

Elle hoche la tête et sort de la voiture sans commenter. J'ouvre ma portière alors qu'elle cherche déjà si le bâtiment en question à une échelle de secours, de façon à éviter de pénétrer dans le lotissement. Je la rejoins et elle daigne enfin me regarder de nouveau. Je réprime une expression d'horreur en réalisant la froideur de son regard. Je n'aime pas ça, je le veux brulant quand elle me regarde.

- Il y a une échelle, indique-t-elle en me pointant du doigt l'objet.

Nous grimpons en haut du toit, je la suis en essayant de ne pas perdre mon contrôle tandis que je suis juste sous elle quand elle monte à l'échelle. Je réalise que ma respiration est imperceptiblement plus rapide qu'avant, ce qui n'est pas dû à l'effort physique... Je n'avais qu'à pas lever mon regard vers ses fesses ! Je me réprimande intérieurement et me reprend.

Nous nous approchons tout d'eux du bord du toit, nous tenant accroupis près de la balustrade pour ne pas nous faire remarquer. Je fais un rapide constat de la situation dans la villa du prince Wilkerson. Les gardes ont l'air agité, apparemment il a du se passer quelque chose. J'inspecte le terrain de ma vue perçante de vampire et repère des taches de sang frais. Je sens Erin qui fait de même à ma droite.

- Ce n'est pas le sang de Jade, je chuchote pour la rassurer, ou plutôt me rassurer moi.

- En effet, ça me paraissait peu probable de toute façon.

- Ha ?

- Wilkerson tient à ta sœur, cela est indubitable, malgré tous les défauts que ce prince possède.

Je grimace et un grognement m'échappe. Je sais qu'elle a raison mais je n'aime pas cela.

- Elle est encore si jeune…

- L'amour n'a pas d'âge, ses mots sont presque inaudibles et de nouveau je sens son regard sur moi.

- Oui, c'est ce qu'il semblerait.

Un mouvement attire mon attention, je fais un petit signe à la vampirette pour lui indiquer le petit portillon à la gauche de la maison. Quelqu'un sort très lentement de la demeure, boitillant et se tenant une partie du corps très précieuse. J'entends la voix d'Erin dans mon dos qui déclare d'une voix gelée :

- Il s'agit du traqueur.

Elle a raison, et il est gravement blessé, il semble souffrir et je peux voir le sang dégouliner d'entre ses mains. Une idée atroce de ce qui lui est arrivé s'impose dans mon esprit, je ne peux imaginer la douleur. Bien que je déteste ce vampire, je peux compatir en tant que mâle pour ce qu'il éprouve. Le vampire ne remarque même pas notre présence bien que ce soit son boulot d'être un pisteur et de repérer les intrus, entre autres choses. Je le suis du regard alors qu'il s'éloigne. Il pue la douleur, une blessure profonde, physique et psychique et la haine par-dessus tellement celle-ci est forte. Je suis ébahi, ma sœur va avoir beaucoup de chose à me raconter !

Je me redresse et tend ma main à Erin. Je reste poli mais pas trop intime, son regard plutôt m'a refroidi, et c'est mieux ainsi.

- Rentrons, je dois laisser ma sœur régler elle-même ses affaires, elle apprendra et grandira mieux ainsi. J'aimerais passer chez moi.

Je ne demande pas explicitement mais je lui propose de m'accompagner sans l'y obliger. Elle me regarde intensément de ses yeux d'un marron. Elle prend ma main.

Grenat

I Sang-Pur

Chapitre 12

ALEXIS

Aujourd'hui, je ne suis pas allé en cours. On est jeudi et j'erre depuis des heures dans la ville, trainant mon esprit tourmenté de rue en rue. Le ciel est sombre, des nuages noirs se forment au-dessus de ma tête, le temps est aussi triste que je suis perturbé. Mains dans les poches, je commence à perdre l'espoir de croiser Jade au hasard comme je l'avais espéré en commençant à traverser la ville de long en large. Je donne un coup de pied dans un caillou qui se trouve sur ma route puis je baisse les yeux vers le sol en soupirant.

Où peux-tu être Jade ? J'ai besoin de ton aide…

Elle n'est pas rentrée chez elle depuis quatre jours, je ne l'ai pas non plus revue au lycée depuis lundi, et son frère aussi à disparu. Je suis seul avec les souvenirs de ma rencontre avec mon cauchemar et les films que je me fais sans cesse. Je me perds dans le cœur des songes qui me hantent de plus en plus. J'aurais dû me confier à Jade quand elle était encore là, même si elle n'était plus que le fantôme de la fille que j'ai rencontrée cet heureux lundi.

Je relève le nez et regarde autour de moi. Je

reconnais cet endroit. J'y suis arrivée finalement, après l'avoir évité toute la journée, je me retrouve enfin à cet endroit. Une drôle d'impression me saisit, quelque chose d'effrayant. C'est la ruelle que je vois dans mes cauchemars, celle dans laquelle j'ai croisé ce vampire sur le chemin de retour du lycée avec Jade.

Je m'arrête et regarde plus en détails autour de moi. Cet endroit éveille de mauvais souvenir. Je revois la scène se dérouler sous mes yeux, j'ai de plus en plus mal au crane mais maintenant je peux quasiment me souvenir de tout ce qui s'est passé. Les choses s'éclaircissent dans mon esprit et ce qui n'était que supposition et angoisse se révèle être la vérité. Le monde n'est pas celui que je m'étais imaginé depuis mon enfance. Des choses bien surprenantes nous dépassent.

Si on m'avait dit avant cette semaine que les vampires existaient alors j'aurais bien ri ! Pourtant, c'est loin d'être une blague... Essayez donc de me faire croire qu'ils n'existent pas et je vous rirais au nez désormais.

Je reste sur place, balayant du regard la ruelle sur toute sa longueur. J'inspire profondément, il est plus que nécessaire que je parle à Jade ! Je me retourne et m'apprête à sortir de la ruelle. Je dois la trouver coûte que coûte, elle ne doit pas être partie bien loin après tout !

-Tiens, tiens, tiens... Qu'elle heureuse surprise que de te revoir, humain.

J'écarquille les yeux, sortant les mains de mes poches alors qu'un frisson me parcourt, mes bras sont pris de chair de poule. Je deviens fou au point d'entendre la voix de mes cauchemars me hanter de jour désormais ou… est-ce possible qu'il soit vraiment là ? Hoo non, dites-moi que c'est seulement dans ma tête !

- M'aurais tu oublié ? Je n'espère pas, je serais déçu si c'était le cas. Alors ? Tu as donné ta langue au chat ? Entends-je juste derrière moi.

Ma respiration se coupe, je déglutis difficilement et m'oblige à me retourner pour en avoir le cœur net. Il est bel et bien là, juste sous mes yeux, en chair et en os. C'est une vision d'horreur qui s'offre à moi. L'homme qui me fait face semble tout droit sorti d'un film de mort vivant ; ses habits son sales et déchiquetés par endroit, mais pas seulement, il est recouvert de sang du bassin au bas des cuisses, une vraie hémorragie… C'est monstrueux. Actuellement, je crois savoir ce que ressentent les gens en voyant venir la mort.

Mon cœur bat à toute vitesse, je suis tétanisé. Cet homme, ou plutôt ce vampire, est un grand malade, une personne qui a la cruauté dans le sang. Je croise son regard et une chose m'apparait certaine : il ne compte pas franchement se montrer gentil avec moi, loin de là.

- Que me veux-tu ? Et qui es-tu ? Réussis-je à lâcher d'une voix saccadée.

- Je ne vais pas te tuer, pas tout de suite en tout

cas, ne t'inquiètes pas, me dit-il avec un sourire malsain.

Je le vois s'avancer tranquillement, l'air de rien, sauf que son sourire le trahit. Cette expression, qui ressemble plus à une grimace qu'à autre chose, est claire : Je suis foutu. Je déglutis en faisant un pas en arrière. J'essaie de réfléchir à une façon de m'en sortir, je ne peux pas le combattre, je suis trop faible, je dois fuir. Je regarde derrière moi, en direction de la sortie de la ruelle. Si j'atteins cette rue plus côtoyée alors il y aura forcément quelqu'un qui me verra, qui pourra m'aider !

- Crois-tu vraiment que courir servirait à quelque chose ? Tu sais que je vais t'attraper de toute manière.

- … Que vas-tu faire de moi ? Je demande en retournant rapidement mon attention sur lui.

- J'ai besoin de toi en vie, donc sois mignon et tiens-toi tranquille.

J'entends à peine la fin de sa phrase qu'il disparait de ma vue. Je n'ai pas le temps de m'imaginer qu'il est parti que je sens déjà qu'on me saisit les épaules fermement. Je sursaute et me débat tant bien que mal… sans parvenir à me libérer. Il est bien plus fort que moi, et trop rapide aussi. Je suis aussi faible qu'une fourmi face à ce psychopathe!

- Arrête de t'agiter, je vais te faire mal ! grogne-t-il à mes oreilles.

J'essaie de toutes mes forces de faire en sorte qu'il me lâche, mais au fond de moi je sais déjà que je n'aurai pas raison de lui. Je ferme les yeux pour ne plus voir mon agresseur puis comme dans tous les moments de paniques et de derniers espoirs : Je me mets à crier de plus en plus fort, me brisant les cordes vocales en criant comme je ne l'ai jamais fait. On doit m'entendre dans le quartier, pourtant les seules choses que j'entends à part mes propres cris sont les ricanements du vampire. Je ne comprends pas, j'ai beau crier, on dirait que personne ne réagit.

- Les bons habitants de Fulton ne t'entendent pas, ouvre les yeux petite souris, tu es pris aux pièges de mes griffes.

Sa voix résonne, partout, autour de moi et en moi. Une ultime information parvient à mon cerveau, il est entré dans ma tête. Le vampire, cette sangsue me contrôle en partie, il m'empêche de crier pour de vrai. Je ne crie qu'à l'intérieur de la cage qu'est devenu mon propre corps. Je force sur mes capacités limitées, usant de mes dernières forces pour ouvrir les yeux.

Je suis toujours dans cette ruelle, seul avec mon agresseur, à la merci de ce vampire. Je sais depuis longtemps qu'elle est l'issue de cette altercation, misérable humain que je suis face à cet être supérieur, je décide de ne pas tomber sans lui en avoir fait payer au maximum le prix.

En ultime recours, je lui donne un coup de pieds

en essayant de viser son entre jambe. Mon pied rencontre son corps mais je ne sens pas de partie génitale normale, pourtant, je sais que j'ai touché et bien visé ! J'aurais bien aimé m'en réjouir mais je regrette déjà mon geste. Il me serre plus fort, enfonçant ses doigts dans mes épaules, ses ongles pénétrant ma peau. Je gémis de douleur tandis que je le sens fulminer de rage dans mon dos. Apparemment, il a eu mal, cette zone naturellement sensible chez un mâle n'a pas l'air en pleine forme chez lui.

- Idiot d'humain ! Pour qui te prends-tu ?!!

Comme un animal en cage, je n'agis plus très intelligemment et me met à donner des coups dans tous les sens. Mon seul but est rudimentaire : la vie, la liberté. L'espoir fait vivre comme on dit. En ce qui me concerne, je vois surgir devant mes yeux le vampire juste quelques instants avant que ce soit son poing qui envahisse mon champ de vision. Je chancelle, perd l'équilibre et toute maitrise sur mon corps. Je me sens tomber puis m'aplatir contre le béton. Ma conscience part hors de portée, je divague déjà trop loin et je pense juste que je dois vraiment avoir une sale tête à ce moment-là.

- On va bien s'amuser toi et moi. Je t'ai trouvé une utilité finalement.

J'entends au loin les paroles du vampire, je vois ses pieds se rapprocher juste avant de lâcher prise et de glisser vers le vide. Je perds connaissance. Suis-je mort ? Je n'en ai aucune idée, mais peut-être vaudrait-il mieux.

JADE

Tous deux assis sur ce grand lit de soie, nous nous faisons face. Il me parait plus jeune, plus apaisé que lors de notre première rencontre. Actuellement, il me fait songer au visage que je gardais en mémoire de mon sauveur étant enfant. Dans cette intimité, je réalise qu'il présente une facette différente de ce vampire qui fut un jour l'ennemi de ma famille. Ce prince vampire qui semble me désirer plus que toutes autres personnes, qui m'a offert son sang, décrète avoir eu du mal à ne pas céder à ses envies charnelles et à sa soif prenante de sang, mon sang.

- En avais tu beaucoup envie ? Je formule sans me démonter.

- Oui, évidement. J'ai cru un moment que je n'allais pas résister à mes pulsions.

Il m'a répondu sans hésitation, sans détourner le regard, il me fixe de son regard disparate et pour autant des plus plaisants à ma vue. Je souris intérieurement puis, repoussant une mèche de cheveux de mon visage, je me redresse pour mieux lui faire face. Certaines choses sont plus dures à dire que d'autres, surtout que je n'ai jamais été du genre très loquace, et encore moins d'un grand romantisme…

- Je crains de finir par être dans le même cas de figure que toi…d'ici peu. Mon corps est… fortement, terriblement, attiré par toi.

Je ne veux surtout pas baisser les yeux, mais soutenir son regard m'est insupportable après un tel aveu. Je fais mine d'être intéressée par la porte de la salle de bain, même si en vérité c'est la porte de la sortie que je pourrais prendre à toute jambes, vu la gêne qui monte en moi. Je fronce les sourcils et retourne mon attention sur lui quand j'entends une sorte de ricanement, similaire au gloussement d'une personne se retenant de rire.

Le prince, Mickaël, tient une main à sa bouche et semble peiner à s'empêcher de céder à l'hilarité. Je me lève du lit à une vitesse vampirique et le pointe du doigt en me positionnant face à lui.

- Il n'y a rien de drôle dans cette situation ! Arrête tout de suite, avant que j'efface ce sourire amusé de ton visage.

Le voyant lever sa main libre en signe d'impuissance et essayer vainement de reprendre son sérieux, je m'énerve de plus belle. Je suis blessée, vexée, et je ne sais comment réagir à cette subite réaction si inattendue de sa part. Mes crocs sortent et je grogne sans montrer réellement d'hostilité. Je ne me suis jamais sentie aussi ridicule.

- Vas-tu finir par arrêter de te moquer ?! Je ne vous épouse pas, prince Mickaël, si c'est pour subir vos moqueries

Ces paroles réussissent enfin à avoir un effet sur lui. Le prince de l'Ouest cesse sur le champ de plaisanter et se penche vers moi, saisissant me main avec délicatesse. Il m'attire vers lui pour que je vienne me rasseoir.

- Ma chère princesse… ne saisis tu pas toute l'ironie de cette situation ? Tu crains de me désirer, alors que c'est la seule chose dont j'ai toujours eu peur qu'elle ne se réalise pas.

Je me repose sur le lit sans le lâcher du regard. J'ai du mal à comprendre son exultation.

- Parmi toutes les possibilités de fin que j'ai imaginée à notre histoire commune, celle qui se prononce est l'une des rares qui soit heureuse. Je ris de joie, voilà tout… et je ris de rire, alors que cela fait des siècles que je n'ai été aussi rempli d'allégresse ! Je me surprends moi-même de cette joie euphorique.

Un peu compliqué à comprendre vu mon état de trouble émotionnel actuel. Pour autant, je me détends, s'il rit de lui-même alors je n'ai pas à me sentir visée. Je le regarde un moment en réfléchissant à ses paroles.

- Tu devrais rire plus souvent alors car cela te réussit particulièrement, Mickaël.

Je me mordille la lèvre en portant mon regard à nos mains toujours reliées. Il ne m'a pas lâchée et je ne l'ai pas non plus retiré. Un sentiment de chaleur m'envahi et je le vois qui me sourit quand je reporte mon observation sur son visage. C'est communicatif, je lui souris en retour.

- Et toi ne jamais cesser de sourire, ma bien aimée Jade.

Je sens de nouveau le rouge me monter aux joues, c'est devenu courant quand je suis en sa compagnie.

- Ce n'est pas sain que je sois autant impressionnée par mon futur époux.

- Alors prends confiance en toi. Si ça peut t'aider alors dis-toi que je suis tout aussi confus en ta présence, les années m'aident juste à le dissimuler plus facilement, mais je ne sais jamais comment agir avec toi.

Je suis surprise, premièrement je ne pensais pas autant le perturber et qu'il m'en ferait l'aveu. Sous la tension, je mords un peu plus fort ma lèvre et me coupe par inadvertance. Je lève un peu la tête pour ne pas faire couler de sang, portant ma main libre près de ma bouche. Je lâche la main du prince pour tâtonner mes poches.

- Oups, je suis navrée, m'excusais je, tout en cherchant de quoi me nettoyer.

Je rentre mes crocs à l'intérieur et sors un mouchoir de ma poche pour essuyer les gouttes de sang qui se forment sur ma lèvre. Je suis prise au dépourvu par le prince, je sens sa prise sur mon menton, autoritaire et douce à la fois ; une main de fer dans un gant de velours.

Il dirige mon visage vers le sien. Chaque fibre de mon être se met à vibrer en réclamant son contact. Je me tends, aux aguets, mes yeux grands ouverts et suivant chacun de ses mouvements.

Ses lèvres se rapprochent des miennes, elles se posent dans un chaste baiser qui n'en est pas moins des plus électrisants. Mon regard se dirige directement sur sa bouche tachetée de pourpre. Sa langue glisse sur la chair appétissante de ses lèvres, il lèche mon sang sous mes yeux, en dégustant la moindre goutte.

- Il serait triste d'en gaspiller, murmura-t-il avant de me faire un clin d'œil.

Il s'écarte pour reprendre sa place initiale. Je fixe le vide devant moi sans réagir. J'ai oublié de respirer. J'inspire en clignant des paupières, essayant de reprendre mes esprits. Son désir sature l'air, plein d'énergie et portant encore le parfum du sang. Je perds de nouveau le peu de logique que mes pensées avaient retrouvé. Je déglutis et me tourne vers lui pour la énième fois, mon regard a pris la teinte du sang.

- Je comprends, tu as de nouveau soif, il est vrai que j'aurais pu, ou du, le prévoir.

Je le fixe, incapable de reprendre le contrôle sur ma soif de sang, il est trop tard, j'ai attendu trop longtemps, je dois boire. Je n'ai pas bu depuis cette première fois dans le caveau, et déjà à ce moment j'avais un besoin de sang beaucoup plus important que d'habitude. Je gémis, plaintive et désireuse.

- Mickaël, s'il te plait…

- C'est un plaisir ma Princesse, ce sera toujours un plaisir.

Mes crocs sortent sans se faire prier en m'en déchirant presque les gencives tellement ils sont pressés de se planter dans les veines de mon futur mari. Je remonte mes jambes sur le lit, me mettant à genoux alors que je scrute tour à tour sa bouche et son cou. Le prince lève une main et du bout de l'ongle de son pouce, devenu semblable à une griffe, il s'entaille le bas de la gorge. Je feule comme un animal affamé en me retenant de lui sauter dessus. J'attends qu'il m'ouvre les bras pour mieux me positionner et m'appuyer sur lui. Je lèche le sang coulant sur sa peau avant de planter mes crocs au-dessus de l'entaille. Je reste calme, buvant par goulées calculées tout en m'enivrant de sa saveur.

Je retire mes crocs et les rentre une fois suffisamment rassasiée. J'ai fait attention à ne pas trop prendre de son sang, juste le nécessaire, mais je crois avoir un peu abusé dans ma gourmandise. Je referme la morsure puis je nettoie le contour. Je souris satisfaite de mon œuvre. Mes yeux reprennent leur couleur argentée d'origine, je me recule un peu et regarde Mickaël avec attention.

- Et toi ? Je perçois ton manque d'énergie… tu as aussi besoin de sang.

- Ce n'est pas urgent, ma petite princesse, une prochaine fois peut être.

Je suis un peu inquiète. Je bois sans lui rendre la pareille, ce n'est pas bon pour lui. Sa main vient caresser ma joue et je me laisse faire. Il me sourit, sa fatigue se lit sur les traits tirés de son visage. Les vampires ne sont pas infatigables quand ils manquent de sang, même les plus puissants en ont besoin, surtout eux.

- je vais te laisser tranquille, il y a eu assez d'agitation pour la soirée. Bonne nuit princesse.

Il m'embrasse sur le front puis se lève en se dirigeant vers la sortie. Je le suis du regard en me demandant combien de temps il va encore pouvoir attendre, quelques jours tout au plus. Je lui souhaite une bonne nuit à son tour, il me jette un dernier regard puis quitte la pièce en me laissant seule de nouveau dans cette grande chambre. Heureusement, le sommeil me gagne vite.

ERIN

J'ai passé la nuit dans l'appartement actuel des Thornton, chez mon prince. Rien de bien romantique malgré les idées que l'on pourrait s'en faire ; nous avons passé une grande partie de la nuit à travailler, lui passant des coups de téléphone et moi-même relisant tous les recueils de lois, des plus anciens au tout dernier écrit par la Princesse d'Europe.

Nous avons passé des heures le nez dans les bouquins à fin de chercher une résolution satisfaisante pour la princesse de Jade. Son frère désire faire en sorte de contourner certains aspects du pacte d'union pour pouvoir maintenir le pouvoir de l'Est entre ses mains et celles de sa sœur. Bryan ne veut pas que Wilkerson puisse diriger le territoire des Thornton, et ainsi s'assurer que ce rapace n'est intéressé que par Jade et non pas par le pouvoir qu'elle représente.

J'ai dû m'endormir à un moment, tard dans la nuit. Je me souviens vaguement que l'on m'a déposé une couverture sur mes épaules. Contrairement au Sang-pur, les transformés comme moi sont moins endurants, nous pouvons tenir plusieurs jours sans dormir mais pas éternellement. Je me suis donc assoupie et je suis réveillée par l'odeur alléchante qui flotte tout autour de moi. Il ne s'agit pas de l'arôme du sang humain qui apparemment servait de petit-déjeuner dans une pièce annexe, mais du parfum divin du prince qui a imbibé le bureau, son odeur caractéristique de sa force et sa délicatesse, de lui et de ce qui le rend si unique, sa nature de Sang-pur.

Je me retiens de me lécher les babine. Pour le coup, j'ai les crocs comme les humains aiment dire, et qui fait d'ailleurs plutôt rire la population vampirique. Je me réveille pour de vrai, me redressant sur mon fauteuil et m'étirant discrètement tout en regardant autour de moi, bien que mes autres sens m'aient déjà prouvé que je suis seule dans la pièce.

Je suis la trace olfactive de mon Prince et le rejoint dans le salon. L'appartement n'est pas très grand, de taille largement suffisante pour deux personnes, mais pas le moins du monde correcte pour un prince et une princesse. Le prince est en train de s'abreuver. Je reste dans l'encadrement de la porte et après un moment d'attente sans réaction, je décide de signifier ma présence. Je baisse le regard, main sur le cœur, m'inclinant respectueusement en prenant la parole.

- Votre majesté, bonjour. Je vous prie de bien vouloir m'excuser, il semblerait que je me je sois assoupie...

Je suis un peu gênée de l'interrompre dans son repas, c'est un acte qui a tendance à être très excitant pour nous autres vampires. Je garde ma position un moment, puis n'entendant pas de réponse mais les déglutitions qui continuent, je relève la tête en direction de la scène. Le prince est sur le point de complétement vider cet humain, c'est contraire à l'image que je m'étais faite de lui en tant que parfait gentil prince et grand frère.

Je fronce légèrement les sourcils alors que je l'observe, c'est à ce moment qu'il tourne son visage vers moi. La vision qui s'offre à moi est digne d'un film d'horreur. Du sang dégouline de la bouche du prince et du cou du jeune humain, les crocs de Bryan sont sortis et éclatants de blancheur au milieu de tout ce pourpre. Malgré tout, ce sont ses yeux qui retiennent mon attention. Un regard rouge sang me fixe comme si j'étais devenue sa future victime, sa proie. Il m'attire et me rend nerveuse en même temps, je sens le danger qui émane de lui. Agissant par instinct protecteur, je déglutis et me redresse de toute ma hauteur, bombant légèrement la poitrine, et montrant au prédateur qui me fait face que je ne suis pas un être faible.

- Je viens vous rappeler que vous avez décidé hier que vous iriez rencontrer votre sœur et Wilkerson, je dois vous accompagner d'après vos ordres, je déclare d'une voix faussement assurée, car il me fait perdre mes moyens.

Je ne perçois aucune réaction, il me scrute toujours, sauf que désormais il me dévisage intensément, de part en part. Je me crispe même si mon sang bout sous la surface de ma peau, réchauffé par la caresse de ce regard jaugeur. La femme et la vampire en moi se pensent dignes d'un prince tel que Thornton, elles le réclament même comme mâle à la hauteur de leurs exigences.

Alors que je pense que ce moment n'en finira pas, le prince se lève, repousse d'un geste mou l'humain à la limite de l'inconscience et qui pourtant semble être le plus heureux dans ce salon. Le prince n'y prête plus d'intérêt, je sens toute son attention sur ma personne. C'est jouissif et très angoissant à la fois, il éveille de telles sensations en moi que je ne peux parvenir à toutes les comprendre. Je suis partagée entre la peur du prédateur qui m'est supérieur et l'attirance que j'ai pour ce vampire.

Les Sang-purs ont le chic pour perturber totalement les autres vampires et nous troubler au plus haut point, en rendant certains totalement irraisonnés. Il ne faut jamais oublier qui est le plus fort, à fin que la raison garde le contrôle sur l'envie. Un vampire de mon niveau désirant le sang d'une de ces créatures doit garder en tête qu'il se fera détruire s'il essaye.

Je me retrouve presque nez à nez avec le torse de Bryan. Je n'ose même plus faire un geste. Je l'entends me humer et frissonne d'excitation. Doucement, je m'essaye à lui jeter un coup d'œil. Je suis prise sur le fait et croise son regard encore écarlate. Je ne peux détourner le regard. J'entrouvre les lèvres pour dire quelque chose, réagir. Je n'en ai pas l'occasion. Le prince essuie du pouce les perles de sang qui gouttent de la commissure de ses lèvres, puis ce même doigt se rapproche de mes lèvres et se pose sur elle en y déposant le sang tiède. Ma respiration s'accélère, je suis dépourvu de raisonnement, je suis seulement capable de me laisser faire.

Ma fierté est sauvée, les yeux du prince reprennent progressivement leur aspect normal. Le rouge sang fait place à l'argenté riche et envoûtant. Encore un dernier instant de symbiose, un dernier temps où je me sens accordée à lui, totalement sous son charme, avant qu'il ne rompe notre échange visuel.

- Il est déjà neuf heures, il est grand temps d'y aller. Vous pouvez vous changer, j'ai pris la liberté d'aller vous chercher quelques habits, nous n'avons pas le temps de passer chez vous.

Je hoche la tête, m'obligeant à ne pas rester bêtement stupéfaite. Il passe à mes côtés sans rajouter de commentaire sur les événements précédents. Je me retourne et croise les bras sous ma poitrine en le suivant dans l'appartement.

- Vous avez fouillé dans mes affaires ? C'est personnel…

- Je pensais que cela serait plus pratique que d'aller vous-même les chercher, plus rapide aussi et aussi plus confortable que de garder votre tenue d'hier. Vous m'accompagnez, c'est comme si vous étiez une assistante ou mon bras droit actuellement, à ce titre, même si non-officiel, vous représentez vous aussi le territoire…

- En quoi cela justifie une violation de domicile ?

- J'étais dans mes droits vu que vous êtes un membre de mon peuple et que je suis votre Prince.

Je secoue la tête négativement. Là n'est pas la question. Il a regardé dans mes tenues, l'imaginer les mains dans mes sous-vêtements rajoute une couche déroutante à mon affaire avec lui ! Je viens me planter devant le prince en la parfaite incarnation de la femme en colère.

- Je ne pouvais pas vous laisser aller dans la demeure du prince de L'ouest avec un jean, déclare-t-il en adoptant une posture défensive. Vous allez trouver une autre raison pour nous faire perdre du temps ?

Je le dévisage puis jette un bref coup d'œil à mon vêtement. Certes mon jean a plus une fonction pratique que chic mais il n'est pas si mal. Il n'est pas agressif dans ses paroles mais l'on peut clairement sentir l'agacement dans le ton de sa voix. Je ne rajoute rien, c'est la seule chose à faire.

Lui tournant le dos, je retourne dans le bureau où je trouve la tenue qu'il veut apparemment que je porte. Il faut avouer que la robe est sublime, juste ce qu'il faut entre moderne et classique, la couleur sied à mon teint, et surtout : elle n'est pas à moi. Elle est neuve, il a dû l'acheter, sans aucun doute, lui ou un de ses serviteurs... Le reste des habits sont à moi, il y a toute la panoplie : culotte, soutient gorge, talons, veste. Je prends une douche très rapide, usant un peu de mes capacités de vampire puis m'habille tout aussi rapidement. Je ne compte pas me faire mal voir ou réprimander une seconde fois, c'est très désagréable.

Je le rejoins peu de temps après et nous nous rendons en voiture jusqu'à la résidence de Wilkerson. Aucun commentaire n'est effectué durant le trajet à part quelques phrases futiles sur le temps et la circulation, rien de véritablement intéressant.

Quand nous arrivons devant l'entrée de la demeure, deux vampires en tenue militaire à la gloire de notre société nous attendent. Je les regarde avec attention et prête surtout de l'intérêt à ces vêtements militaire : Leur uniforme est noir avec les deux rayures rouges sur les côtés du pantalon et des manches symbolisant l'appartenance à l'armée vampirique, assorties de la fleur de Lys d'or des Sang-pur et du «T» la soulignant dans la même couleur qui représente la famille royal Thornton, le territoire Est Américain. Ces deux vampires sont donc des soldats de Bryan.

Nous sortons de la voiture et les soldats viennent saluer le prince. Je reste un peu en arrière et en profite pour inspecter la sécurité apparente de la résidence. La milice privée du Prince Wilkerson est plus importante qu'il me l'avait semblé de nuit...

- Sergent major Tz et le colonel Ti, nous sommes venons assurer votre sécurité en cas de turbulence. Vos seigneurs nous ont envoyé votre altesse.

Je hausse un sourcil en les dévisageant. C'est une plaisanterie ? Tz et Ti ne sont pas des prénoms à fortiori... Je ne savais pas que le prince était autant surveillé, il m'avait dit que nous y allions seulement tous deux... je prête une oreille attentive à la conversation et suis les trois hommes tandis qu'ils s'avancent dans l'allée.

- Je n'ai pas demandé votre venue, lance Bryan au vampire ayant pris la parole. Votre présence ici est inutile, mais s'il faut rassurer mes seigneurs, alors suivez-moi.

Nous entrons dans la demeure et un vieux vampire lui-même en uniforme militaire, avec l'initiale « W », nous conduit jusqu'à la salle du trône. Nous nous arrêtons avant d'entrer. Le soldat auto-proclamé Tz se tourne vers moi puis vers le prince.

- Majesté, si je puis me permettre, cette femelle ne fait pas partie du gouvernement, elle ne devrait pas être autorisée à assister à cette réunion.

Je lance un regard noir à ce Tz en me demandant pour qui il se prend. Je suis médusée et n'attend pas la réplique du prince, je prends les devants.

- Je suis… son assistante. Ce n'est pas à vous de décider si ma présence est requise ou non, je ne me le permets pas toute seule contrairement à vous, j'ai la permission du Prince !

- Officiellement vous n'êtes qu'une citoyenne comme une autre, le gouvernement vampirique ne vous reconnait dans aucune de ses fonctions, madame, me corrige sèchement le second soldat bien qu'y ajoutant un sourire courtois.

N'ayant pas d'argument, je vais chercher de l'aide vers le prince qui n'a encore rien dit et le regarde impatiemment. Il secoue presque imperceptiblement la tête puis s'avance vers la porte. Il me jette un rapide coup d'œil en posant une main sur mon épaule.

- Il a raison. Attendez moi je vous prie Erin, nous allons devoir avoir une discussion.

Je bous de rage et d'incompréhension. N'est-il pas le prince tout puissant ? Ne fait-il pas ce que bon lui plait ? Je refoule un grognement et lui tourne le dos avant même que la porte ne se referme sur le Prince et les deux vampires militaires. Après coup, je suis verte d'humiliation et décide d'aller attendre dans la voiture. Prince ou non, j'espère qu'il aura de bons arguments pour que je me sois effacée de la sorte.

Le temps passe plus vite que je l'aurais imaginé, un des bénéfices de ma forte réflexion durant ce moment d'attente. La porte côté conducteur de la voiture s'ouvre en me tirant de mes pensées, je ne prête même plus gare à mon environnement.

- Vous ne devriez pas être si distraite dans un endroit tel, fait la voix du prince Thornton en écho à mes pensées.

- Je le sais, merci… Votre altesse.

Le ton de ma voix traduit l'hypocrisie de mes paroles. Je ne le regarde pas et me redresse sur mon siège en croisant les bras sous ma poitrine.

Le moteur démarre en brisant le silence de mort qui pèse désormais. Je vois les maisons défiler derrière la vitre alors que nous roulons, nous éloignant ainsi de la zone ennemie, ou du moins de ce territoire récemment non-empathique.

Je remarque au bout d'un moment que nous ne nous dirigeons pas vers Fulton, nous nous éloignons dans une autre direction. Je regarde les panneaux d'indications pour essayer de comprendre où nous allons. J'ai l'impression que nous suivons à peu près le même chemin que la fois où je l'ai accompagné à sa réunion. Le soupire du prince m'interrompt et je me tourne vers lui.

- Je vous conduis au siège de mon gouvernement, vous devez vous en douter : c'est près du café où j'ai retrouvé mes seigneurs hier.

Ces mots attisent encore plus ma curiosité, je regarde de nouveau la route que nous prenons puis retourne mon visage vers lui. Je ne dis rien en voyant qu'il s'apprête à reprendre la parole.

- Voulez-vous véritablement être mon assistante ? Je veux dire : L'être officiellement et être reconnue ainsi au sein du la communauté ?

- Hum… S'il n'y a qu'ainsi que je peux être auprès de mon Prince et l'aider de mon mieux, alors oui, c'est ce que je désire devenir.

Je m'exprime tout en tortillant une de mes mèches blondes. Ma réponse est vraie mais je n'ose évoquer mes sentiments, je n'ai pas à me le permettre, même si être son assistante me rend un peu plus crédible comme futur compagne qu'une simple vampire du peuple. Je secoue la tête en chassant ses idées naïves, je ne suis pas une Sang-pur contrairement à lui. Je m'empresse de compléter mes paroles :

- De plus, je m'ennuie dans ma condition actuelle et ne me suis pas autant amusé que ces derniers jours depuis bien longtemps.

- Bien, vous resterez auprès de moi désormais et me suivrez dans mes déplacements.

- Je vois… Quelle sera ma mission à ce titre exactement ?

- Vous agirez comme une sorte de bras droit, vous serez mon traqueur si le besoin en est, et je vous confierais d'autres tâches variées.

C'est plus que je n'ai jamais eu, à ce poste je serai au cœur de la société vampirique. Et je serai surtout auprès du seul vampire qui puisse m'émouvoir.

-Votre rôle dépendra surtout de vous, de vos capacités, mais la seule qualité indispensable que vous ayez besoin est la loyauté, reprit-il. Et on peut presque dire que vous avez déjà gagné ma confiance.

Le sourire qu'il m'adresse signe le début de ma fin. Je n'hésite pas une seconde de plus et me réinstalle correctement dans mon siège en fixant devant moi l'horizon se profiler.

- Parfait, qu'il en soit ainsi, je serais ce que mon Prince me demande d'être.

I Sang-Pur

Épilogue

JADE

Deux jours se sont passés depuis que Bryan est venu dans la demeure de Mickaël pour nous voir. Nous avons eu une discussion animée avant de conclure d'un commun accord que je resterai avec Mickaël. Le prince Wilkerson est désormais responsable de ma sécurité au titre de futur époux.

Mon frère, quant à lui, garde toute autorité sur notre territoire, le pouvoir reste entre ses mains. Les deux territoires ne seront pas réunis, mais juste alliés comme le stipulait le pacte rédigé par mes parents peu après ma naissance.

Ainsi, je deviendrai la deuxième dirigeante du territoire Ouest Américain, la princesse par alliance de cet espace, et perdrai toute légitimité sur mon territoire d'origine. Une date pour officialiser a même été fixée pour dans deux mois exactement... J'imagine que ce sera un grand événement pour notre population, de nombreux vampires attendent le dernier mot de cette histoire, redoutant de nouveaux conflits.

Les choses sont bien ainsi, pour la tranquillité des peuples et pour moi-même. En effet, je découvre jour après jour combien je deviens dépendante du prince Wilkerson. De nombreux points restent encore à éclaircir, mais mon instinct me dit que j'ai pris la bonne décision, ma vie n'aurait pu être autrement qu'auprès de lui.

Ce soir, Mickaël a besoin de moi, sa soif de sang est intense. Son désir est devenu trop grand pour qu'il puisse encore éviter d'y répondre et de succomber à son désir de boire à ma veine. Il ne veut pas d'autre sang que le mien désormais, et notre union a besoin d'être concrétisée dans le sang et la chair... Je ressens toutes ces « informations » de plus en plus explicitement. Le prince Wilkerson est comme un livre qui s'ouvre à moi et me confie ses secrets au fil des pages. Un lien puissant m'attire vers lui, j'ai l'impression qu'il m'était prédit depuis bien longtemps, et que c'est le destin qui me pousse dans ses bras.

Ce soir, en cette fin de dimanche, je compte mettre fin à toute ambiguïté et enfin réaliser ce que la vie nous réservait : Notre place à chacun est auprès de l'autre… Oui, nous nous complétons.

Je revêts la robe qu'il m'a fait porter. Le tissu est soyeux, raffiné, et la couture "fait main" par une personne talentueuse. Apparemment, le luxe est l'un des péchés mignons de Mickaël. Je sais déjà qu'il aime me voir porter des robes de valeur, et je ne risque pas de m'en priver. Je n'ai jamais été pauvre, mais je me suis toujours senti à l'aise dans des vêtements simples.

Ma vie va changer, du tout au tout, avec les habits de marques viendront tout le reste. Moi qui ai toujours évité la noblesse de ma race, je vais m'y retrouver totalement propulsée. Mickaël va devenir mon compagnon, nous allons nous marier. Me dire cela me perturbe encore un peu. Les derniers jours sont passés si vite. Et pourtant, ce soir, je sais ce que je veux, ce que je vais faire.

J'ai eu du mal à interpréter mes sentiments, je les ai refoulés un temps, mais il n'est plus temps de se voiler la face : Quoi qu'il se passe, je ne pourrai oublier ce que je ressens pour Mickaël. Je désire garder en moi le souvenir de son visage, de son odeur, de ses caresses, de sa saveur, et que jamais personne ne puisse arracher cet homme de moi.

Ce soir, je vais le faire mien pour l'éternité, je vais m'offrir totalement à lui. Je suis sûre de moi, obstinée et concentrée dans mes objectifs.

Il ne va pas tarder à venir me rendre visite. Depuis ces deux jours, Il passe le soir même si nous avons passés de longs moments ensemble dans la journée ensemble, il me fait assidûment la cour comme il se doit d'après ses mœurs. Il a des mauvais côtés, c'est évident et je ne le connais pas encore parfaitement, mais avec moi il est différent et très attentif.

Je regarde l'heure puis vérifie mon téléphone encore. Bien que les événements semblent prendre le chemin d'une fin agréable, je suis perplexe car Alexis est introuvable. J'ai constaté trop tard le nombre d'appels en absences que j'avais sur mon téléphone. Cet humain, le seul que j'ai appris à apprécier, a eu besoin de moi, et je n'ai pas été présente pour lui.

Alexis a découvert mon secret. J'ignore encore les détails mais il connait ma nature. Il était paniqué, effrayé dirais-je même, dans les messages qu'il a laissés sur mon répondeur. Il faut avouer que mon univers a dû chambouler sa vie s'il est parvenu à se convaincre de ma réalité...

Maintenant, il m'est impossible de l'aider car je ne sais pas où il se trouve. Alexis a disparu. Je ne suis certaine que d'une chose : il ne se trouve plus en ville, sinon nous l'aurions déjà retrouvé.

J'ai fait ma petite enquête, et actuellement des vampires sous mes ordres essayent de retrouver sa trace. La police humaine le recherche aussi, nous suivons l'avancée de leurs recherches. Si quelque chose de grave lui est arrivé à cause de moi, alors je m'en voudrais atrocement. J'espère pouvoir le retrouver au plus vite...

Je suis en lien régulier avec mes équipes de recherches. Pour l'instant, je ne peux pas faire grand-chose de plus. C'est malheureux, et j'espère sincèrement qu'il est encore en vie.

Je me lève de ma coiffeuse et repose la brosse avec laquelle je me brossais les cheveux. Je me regarde dans le miroir.

Je n'ai pas changé physiquement, et pourtant je me sens plus femme que jamais, plus vampire. Je me souris à mon même en lissant le tissu rouge sang de ma tenue. Une couleur appropriée pour un vampire, non ?

J'inspire profondément. Mickaël arrive, et je suis prête à le recevoir.

On toque à la porte de la chambre. Pas besoin d'hésitation, je sais d'avance qui se trouve derrière la cloison.

- Entrez, je vous attendais.

Mon ouïe capte le cliquetis de la poignée, suivi du léger grincement de la porte, puis le vampire que je désire entre dans la pièce, refermant derrière lui. Je ne lui fais pas face, pas pour l'instant, je préfère lui faire comprendre ce que je veux par des attitudes. D'un mouvement fluide du bras, je viens dégager mes cheveux de mon dos pour les placer sur le côté. Ainsi, je lui présente ma cambrure de manière aguichante. Le décolleté plongeant de ma tenue dans mon dos descend jusqu'à ma chute de reins. Chez les vampires, présenter son dos nu est un signe de confiance ancestrale. L'explication de cette tradition est simple : Un prédateur comme nous aurait moins de difficulté à venir planter ses crocs dans le cou d'un individu, être de dos pour un vampire est bien plus une position de faiblesse qu'entre deux humains.

Le message fait son chemin jusqu'au prince Wilkerson. Il est silencieux depuis son entrée, mais je peux sentir l'air se charger d'hormone

Grenat

masculine et de l'odeur significative de sa soif de sang. Une luxure affriolante sature la pièce. L'excitation est communicative et je ne tarde pas à devenir impatiente.

- Es-tu consciente de ce que tu fais et de ce que tes actes provoquent ?

- Je ne ferais pas marche arrière. Je le veux.

Je déglutis et papillonne des cils, en essayant de garder le contrôle sur les battements de mon cœur. Mickael est à quelques mètres derrière moi, son regard pèse sur moi et je frisonne déjà du contact de ses mains.

- Je ne pourrais pas rester un bon *gentleman* bien longtemps encore, mon *self-control* à lui aussi ses limites, petite princesse… murmure-t-il quasiment inaudible.

J'inspire profondément puis prend les choses en mains. Je fais glisser les manches de la robe l'une après l'autre sur mes fines épaules, puis tout aussi tranquillement, je défais le ceinturon de la robe. Je ne porte rien en dessous et me retrouve nue alors que mon seul habit s'étale lentement sur le sol autour de mes jambes.

- Alors, prends moi, et fais-moi tienne, lui dis-je en ouvrant mes bras, présentant mon corps nu à son regard.

C'est ce qu'il fait, il obéit à nos deux désirs. Je me noie dans la torpeur de la chair et du sang jusqu'à ne faire plus qu'un avec mon... âme sœur. Nous nous emboîtons comme les deux pièces d'un puzzle. Je suis faite pour lui et il est fait pour moi. Je découvre avec délice un nouvel univers, si électrisant quand je me retrouve vite submergée.

Brusquement, alors que l'apogée du plaisir m'enserre le ventre, tandis que la vague monte dans mon corps et que je suis prête à chavirer, Mickael se crispe. Je l'entends suffoquer en se statufiant, son gracieux visage perd toutes ses couleurs et devient plus blanc que la mort. Je sors de ma torpeur est assiste impuissante à sa panique. Son regard semble se perdre loin, avant de revenir à moi. Il me regarde d'un air désolé tandis qu'il déclare d'une voix qui me glace :

- Il arrive, il va venir pour nous.

Grenat

Sommaire

I Sang-Pur

REMERCIEMENTS

Voilà, voilà, ce premier projet est fini, concrétisé. Maintenant il me reste à écrire la suite ! Mais avant de me lancer dans la deuxième partie, j'aimerais remercier quelques personnes.

D'abord, ma famille: Merci papa, tu as été mon premier lecteur et conseiller, je ne serais peut-être pas allée jusqu'au bout sans ta motivation !

Merci aussi à ma maman chérie qui n'a rien dit quand je passais mes week-ends sur mon clavier !

Et bien évidement je ne peux pas oublier celle qui croit plus en moi que moi-même, celle qui croit vraiment que je vais devenir célèbre (haha) : Flo, la sœur la plus folle et in love de sa petite sœur !

Il y a aussi toutes mes amies qui m'ont encouragée, poussée à aller au bout, et même inspirée parfois. Donc un gros merci à Amélie, Julie, Caroline, Anaïs, Anahi… et bien d'autres <3

Et avant de refermer cet ouvrage, je voudrais aussi adresser ma reconnaissance à celle qui a minutieusement corrigé chaque page: la plus gentille des professeurs de Français.